KB053992

죽음의 시

죽음의 시

초판 1쇄 발행 2023년 12월 15일

지은이 이상실
펴낸이 황규관

펴낸곳 (주)삶창
출판등록 2010년 11월 30일 제2010-000168호
주소 04149 서울시 마포구 대흥로 84-6, 302호
전화 02-848-3097
팩스 02-848-3094
전자우편 전자우편 grleaf@hanmail.net

ISBN 978-89-6655-173-6 03810

* 책값은 뒤표지에 표시되어 있습니다.
* 이 책은 인천광역시와 (재)인천문화재단의 '2023년 문화예술지원사업'에 선정되어
발간하였습니다.

죽음의 시

삶창

차례

사진 밖으로 뜬 가족

✦

승규가 결혼식 날짜를 잡은 이후로 승규 아빠의 귀가가 부쩍 늦어지기 시작했다. 귀가할 때마다 술에 절어 정신이 혼미했다. 번호 키를 여러 번 눌러 대며 덮개를 올렸다 내리기를 반복한 뒤에야 현관문을 여는가 하면 예술 나가는 날은 기타를 질질 끌고 비틀거리며 현관에 들어서기도 했다. 귀가가 늦어질 때마다 아빠는 승규 결혼식 준비 때문에 늦었다고 둘러댔다.

그랬던 날 중 어느 날, 예술 나갔다가 술이 떡이 돼서 귀가한 아빠는 소파에 앉아서 승규에게 결혼식에 관해 이것저것 묻다가 평소 입에 담지도 않았던 '엄마'를 입 밖으로 불쑥 꺼냈다.

"니 엄마는 어디서 어떻게 사는지…."

다음 날은 구순을 앞둔 승규 할머니 앞에서 엄마를 화제에 올렸다.

"승규 결혼하는데 승규 엄마가 어떻게 알고 연락이라도 오면…."

할머니는 듣기만 했다.

하룻밤을 넘기자 아빠는 '엄마'를 또 쏟아냈다. 듣고 있던 할머니는 얼굴을 일그러뜨렸다.

"그 여자하고 연락하냐? 그런 것 같구먼, 내 직감은 못 속인다."

아빠는 입을 닫았다. 할머니가 아빠를 응시하며 욕을 했다.

"그 썩을 년, 미친년!" 포문을 연 할머니는 목청을 높였다. "그게 사람이냐? 짐승도 그짓은 못한다. 개보다 못한 그년하고는 아예 연락도 말아라. 결혼식장에 들이닥칠까봐 겁난다."

할머니는 말을 멈추고 손등으로 눈을 닦았다. 아빠는 더 이상 입을 열지 않았다.

이후 승규의 귀에는 '엄마'라는 단어가 들리지 않았다. 그래서인지 집안이 시끄럽지 않았다. 한동안 잠잠하다 싶었는데 아빠가 그 분위기를 깨버리고 말았다. 승규 방으로 들어온 아빠는 결혼식 초대장은 제작했는지 물었다. 승규는 종이 초대장도 곧 나올 거라고 했다. 모바일 초대장을 받은 아빠는 휴대폰에 뜬 초대장을 한참 동안 바라보다 한숨을 내쉬었다. 아빠 입에서 '엄마'가 삐져나왔다.

"할머니는 있는데 엄마는 없네. 이래도 될까? 니 엄만 안 죽고 살아 있는데, 싫든 어쨌든 엄마 이름이라도 들어가면 좋겠다." 그러고는 곁눈질을 했다.

안 죽고 살아 있다니. 엄마의 근황을 아는 것 같았다. 엄마는 나쁜 사람이니까 입도 뻥긋 말라던 아빠였는데, 그래서 '우리 엄마'를 입 밖에 내밀지도 않았고, 승규의 기억 속에는 없는 존재였는데, 엄마는 기약도 없이 떠나버렸고 떠난 후에는 승규 앞에 얼굴을 내민 적이 한번도 없었는데, 그런 엄마인데, 그래서 그 엄마가 이젠 더 이상 세상에 존재하는 사람이 아니게 됐다는 부고를 누군가에게 듣는다고 해도 눈물 한 방울 흘리지 않을 것만 같은데. 단지 아빠의 아내였고 승규에게는 엄마였다는 여인. 그 여인의 배 속에서 빠져나온 아들이 '승규'로 불린다는 이유만으로 초대장에 '엄마'라는 보통 명사와 그 옆에 엄마가 버젓이 찍혀야 하는지, 그 엄마는 보통 엄마와 다를 바 없는 엄마인지.

승규는 아빠의 꿍꿍이속을 알 수 없었다. 승규는 초대장에 엄마가 빠지면 안 되는 이유를 물었다. 아빠는 "초대장 내밀기가 부끄러워서…"라고 대답했다. 대화가 길어졌다. 길어질수록 아빠는 말을 더 노골적으로 했다. 결혼식 전에 엄마를 찾아서 만나보는 것도 나쁘지 않을 거라고 했다.

모처럼 정태 삼촌을 생맥주집에서 만났다.

맥주를 한 모금 들이켠 삼촌이 창밖으로 팔을 길게 뻗었다. 여인을 가리키며 말했다.

"승규야, 개모차 밀고 가는 저 여자…."

승규가 목을 길게 빼며 창밖을 내다봤다. 젊은 여인이 강아지를 애완견 유모차에 태우고 지나갔다. 강아지는 머리를 쳐들고 여인을 쳐다보다 사방으로 고개를 돌렸다. 유모차를 끈 여인은 횡단보도를 건넜다. 삼촌은 혼잣말을 했다.

"결혼한 여잘까. 아이는 배 속에 있나? 낳았을까. 집에 둔 걸까. 그 아이를 두고 강아지와 함께 떠나나?"

삼촌은 입술을 포개며 유모차를 끄는 여인을 한참 동안 바라보았다. 승규의 시선도 삼촌이 응시하는 곳을 향했다. 삼촌보다 더 오랫동안 창밖을 보았다. 유모차를 끈 여인은 시야에서 사라졌다. 둘은 맥주잔을 만지작거렸다. 말 없는 시간이 이어졌다.

승규가 주머니에서 사진 한 장을 꺼내 탁자에 올렸다. 눈

내린 어느 마을이 담긴 사진이었다. 사진을 내려다보던 삼촌은 승규를 물끄러미 보았다. 맥주를 몇 모금 들이켠 승규가 사진에 대해 물었다.

"동영상 제작하려고 앨범을 넘기다 이 사진을 봤어요. 중학교 때 삼촌이 이 사진을 제게 주면서 사연이 깃든 사진인데 네 꺼라며 사진첩에 끼워두라고 하셨어요. 그땐 아무 생각 없이 끼워뒀는데, 왠지 궁금해서…."

삼촌은 머리를 끄덕이며 소리 없이 웃었다.

"오늘 뵙자고 한 이유가 이 사진 때문이었어? 허허허, 한 잔 더 하고."

승규는 사진을 탁자 모서리에 두었다.

승규가 삼촌을 뵙자고 한 건 결혼식이 코앞에 닥쳐오자 아빠 입에서 느닷없이 불거져 나온 '엄마' 때문이었다. 그동안 아빠가 엄마를 잊었다고 생각했고, '엄마'는 언제 어디서나 등장해서는 안 될 인물로 여겨도 된다는 여론에 떠밀려 승규도 그 여론을 존중했는데, 아빠는 변한 것 같았다. 아빠가 그렇게 나와도 되는지, 그러는 저의가 무엇인지 헤아릴 수 없었던 승규는 삼촌이라면 자신이 모르는 집안 내막을 알 것 같았다.

승규 얼굴은 굳어 있었다.

"삼촌, 엄마를 찾아야 할까요?"

삼촌은 입술을 지그시 깨물었다. 승규가 또 물었다.

"결혼 전에 엄마를 만나보면 좋겠다고 아빠가 말하시는데 그래야 하는지…."

삼촌은 잠시 시간을 흘려보냈다.

"판단이 서질 않아 나한테 묻는 것 같은데, 글쎄다. 당장 이래라저래라 말을 못 하겠구나."

승규는 아빠한테 들었던 엄마에 대한 행적을 삼촌에게 말하며 사실 여부를 물었다. 어릴 때부터 아빠는 내게 "엄마가 바람피우다 들켜서 너를 버리고 도망갔으니 찾지도 마라"고 했다는 말을 근거로 대며, 엄마는 진짜 그짓 하다가 집 나간 나쁜 사람이었냐고 묻기도 했다.

삼촌이 말했다.

"나쁜 사람이었는지는 모르겠지만, 널 버리고 떠난 사람이다."

승규의 시선이 창밖으로 향했다.

삼촌은 탁자 모서리에 놓인 사진을 집어 들었다.

"승규야, 이 사진에 무엇이 보이느냐?"

승규가 사진을 들여다보며 말했다.

"집, 눈, 연탄재, 눈길, 전봇대…"

"사진 제목을 '사진 밖으로 뜬 가족'이라고 붙이고 싶구나.

내가 찍었는데, 사람은 없지만 흔적은 있어. 슬픈 흔적이지.”

삼촌이 사진 속으로 들어갔다.

“사진 속 그날은 그해 마지막 달 주말이었어. 그땐 눈이 많이 내렸지.”

삼촌은 사진을 들고 그날을 더듬었다.

박촌마을에 눈이 내렸다. 이른 오후부터 내린 눈이 그치지 않았다. 방축 안산 아랫자락 비닐 집 박촌하우스에도 소복소복 쌓였다. 늦은 오후, 찬바람이 불었다. 눈을 동반한 바람이었다. 정태는 박촌하우스를 향해 걸었다. 하우스로 가는 길에 신발 자국이 있었다. 밖으로 향한 자국, 집으로 가는 자국. 방금 이웃집 여인이 밟았을 자국은 먼저 나간 자의 자국보다 더 넓고 깊었다. 발자국 주변은 가느다란 실선 두 줄이 길게 나 있었다. 정태는 박촌하우스로 갔다. 방문이 열려 있었다. 아이 울음소리가 났다. 볼이 붉게 달아오른 아이가 방에서 울고 있었다. 승규였다. 승규는 눈물을 흘리며 소리 내어 울었다. 울음소리를 내며 문턱을 넘으려다 엉덩방아를 찧었다. 허리가 옷소매로 묶여 있었다. 주저앉은 승규는 울먹이며 엄마를 불렀다. 아빠도 불러대다 “소례야!”라고 소리쳤다. 정태는 방으로 들어갔다. 이불이 깔려 있었다. 바닥은 차가웠다. 승규는 몸을 떨며 울었다. 승규를 품에 안았다. 울음이 그쳤다. 손을 잡고 하우스 밖으로 나갔다. 승규는 먼저 밟은 자들의 발자국과 실선에 신발을 포개며 걸었다. 전봇대와 식은 연탄재 더미를 지났다. 박촌하우스가 시야에서 멀어졌다.

삼촌이 사진을 내려놓았다. 승규가 사진을 집어 들고 눈앞으로 가져갔다. 삼촌이 말했다.

“사진 속 그날은 엄마가 떠난 날이었고 네가 우리 집에 온 날이란다.”

승규는 사진 밖으로 향하는 어린 승규의 발자국을 어루만지며 창밖을 보았다. 삼촌도 창밖으로 시선을 돌리며 말했다.

“네가 우리 집에 온 지 서너 달쯤 됐을까. 네가 창밖으로 얼굴을 내밀고 있었어. 삼촌도 내밀었지. 거리는 벚꽃이 눈처럼 날리고 있었는데, 어느 엄마가 아기를 유모차에 태우고 벚꽃 떨어져 흩날리는 길을 지나가고 있었어. 너한테 물었지. 뭘 보고 무슨 생각을 하느냐고. 그랬더니 한참 동안 창밖만 바라보다 유모차를 미는 어느 엄마가 사라지자 이렇게 말했지. ‘내 맘 아무도 몰라. 삼촌도 몰라’라고.”

그날이 언젠지 기억 속에 없다고 말한 승규는 각인된 사건 하나가 있다고 했다. 승규는 그 사건을 되짚었다.

초등학교 4학년 때였다. 여름이었고 밤이었다. 잠자리에 든 승규는 천둥소리에 잠이 깼다. 비를 동반한 천둥이었다.

잠들기 전보다 더 굵고 요란한 작달비가 세차게 내렸다. 방 안은 어두웠지만 천둥보다 먼저 번개가 번쩍거렸다. 번개가 칠 때마다 빛이 들어오고 나가기를 반복했다. 몸을 뒤척였다. 아빠는 잠 속에서 이불을 끌어올렸고, 할머니도 잠자리가 편해 보이지 않았다. 승규는 천둥소리가 울릴 때마다 이불을 뒤집어쓰고 아빠 품을 파고들었다. 별안간 창문 쪽에서 빗물 넘치는 소리가 났다. 승규는 이불을 헤집고 몸을 일으켰다. 불을 켰다. 빗물이 방으로 쏟아져 들어왔다. 모두 잠에서 깼다. 장판 밑으로 물이 스며들었다. 아빠는 이불을 끌어 장롱에 넣었고, 할머니는 걸레로 물을 훔쳤다. 플러그를 모두 뺐다.

빗물은 창문을 비집고 거세게 흘러내렸다. 방에 물이 차오르기 시작했다. 할머니는 걸레를 문밖으로 내던지고 주방에서 바가지와 양동이를 들고 왔다. 승규는 할머니를 도왔다. 아빠는 맨발로 밖으로 나가 창문을 살폈다. 빗물은 폭포처럼 방으로 떨어졌다. 비를 쫄딱 맞고 들어온 아빠는 장롱을 열었다. 겨울 이불을 꺼냈다. 승규도 아빠를 거들었다. 이불을 들고 계단을 올랐고 현관 밖으로 나갔다. 시멘트 바닥에 빗물이 고였고 길을 잃은 빗물은 쏟아지는 빗줄기와 함께 안방 창문을 끊임없이 넘보거나 넘실댔다. 승규는 아빠와 함께 창문을 이불로 가리고 이불 위에 벽돌을 얹었다. 그런 후 방에 고인

물을 퍼 나르고 버리기를 반복했다. 양동이에 담은 빗물을 대문 밖에 버리다가 바로 옆 삼촌이 사는 궁전 같은 빌라를 올려다보곤 했다. 마지막 빗물이 담긴 양동이를 손에 든 승규는 바가지를 양동이에 엎고 집 밖으로 나갔다. 삼촌이 사는 빌라로 걸음을 옮겼다. 번개를 앞세운 천둥 소리에 몸을 움츠리고 비를 맞으며 어둠 속에서 고요히 잠든 빌라로 갔다. 승규는 창문을 올려다보며 입술을 악물었다. 양동이에 든 빗물을 바가지에 담았다. 담은 물을 창문에 뿌렸다. 뿌리며 소리쳤다. "이 나쁜 사람. 잠이 와, 지금?" 또 한 바가지를 뿌렸다. "할머니 쫓아내고, 아빠까지 쫓아낸 진짜 나쁜 사람!" 양동이 물을 모두 쏟아부었다. "벼락이나 맞아라!" 승규의 발악 때문이었을까. 빗물 때문이었을까. 불이 켜졌고 창문이 열렸다. 승규는 몸을 숨기며 양동이를 뒤집어쓰고 집으로 갔다.

삼촌이 정색을 하며 한동안 승규만 쳐다보았다. 삼촌이 한숨을 내쉬었다.

"그 정도로 심각한 상황이었는지는 몰랐구나. 안방에 빗물이 들었다는 말을 할머니한테 들은 적은 있는데… 그날 이후로 그날을 생각할 때마다 맘이 더 아렸다. 할머니를 쫓아낸 나쁜 자식이었지만, 네 아빠까지 쫓아냈다는 말에는 선뜻 동의하기 어렵겠구나."

삼촌은 그득한 맥주잔을 단숨에 비우고 입을 열었다.

"승규야, 아직도 삼촌이 아빠를 쫓아낸 나쁜 사람이라고 생각하니?"

승규는 대답하지 않았다. 삼촌은 이마를 짚거나 얼굴을 만지작거리며 못마땅한 표정을 지었다.

"당장에라도 아빠한테 물어보면 좋겠구나. 지금도 삼촌이 아빠를 쫓아낸 나쁜 사람이냐고. 아빠 대답부터 듣고 나서 삼촌하고 상의할 건 하고 궁금한 것도 묻는다면 좋겠다."

말을 끝낸 삼촌은 곧장 자리에서 일어섰다.

할머니가 즐겨보는 드라마가 끝날 시간이 되자 승규는 할머니 방으로 들어갔다. 할머니는 텔레비전을 껐다. 할머니 곁에 다가가 앉았다. 할머니는 예식장은 잘 잡았는지, 청첩장은 잘 돌리고 있는지, 뷔페 음식은 맛있는지도 물었다. 승규가 조목조목 대답하자 할머니는 다른 일은 걱정할 것 없다고 했다. 할머니가 말한 다른 일은 할머니와 아빠가 따로 나가 살 집이었다. 할머니는 월세가 싸고 좋은 집이 나왔다고 말했다. 집주인은 할머니가 비닐하우스로 밭 매러 다닐 때부터 아는 사람이고 심성도 고운 분이라고. 그렇게 말한 할머니는 색시 될 사람하고 틀어지면 큰일 난다며 오로지 승규 결혼을 걱정했다. 승규는 할머니와 아빠가 이사해서 조금만 살고 계시면 다시 모시겠다고 말했다. 할머니는 승규 손을 잡고 등을 토닥였다.

지금 사는 집은 승규가 직장을 다니면서 마련한 집이었다. 빌라를 분양 받았는데 분양가의 절반에도 못 미치는 원금을 넣고 나머지는 은행 대출로 해결했다. 월급으로 다달이 이자를 내고 해마다 원금을 막는 데 급급한 탓에 집안 생활비는 뒷전이었다. 집안일은 할머니가 도맡아 했지만 승규는 할머니에게 용돈을 제대로 드린 적이 없었다. 생신 때나 명절 때 몇 푼 쥐어 드리는 용돈이 전부였다. 할머니가 엄마 대신 보살핀 덕에 결혼까지 하게 됐는데 할머니의 아량만 의지하는 것 같아 편치 않았다. 문득 정태 삼촌에게 쫓겨났던 할머니의 처량한 신세가 떠올랐다. 삼촌과 함께 빌라에 사시던 할머니가 삼촌 결혼 때문에 빌라 옆 주택 반지하로 쫓겨난 때도 이맘때였다. 승규도 할머니와 함께 반지하 단칸방으로 이사를 갔었다. 아빠까지 셋이.

그때를 떠올린 승규가 삼촌에게 쫓겨났던 옛이야기를 듣고 싶다고 할머니에게 말했다. 할머니는 이미 지난 일이라면서 "목련이 봄에 예쁘기는 했는데…"라고 혼잣말을 했다. 어떤 말을 더 하려다 한숨을 내쉰 후 그만두었다. 승규는 할머니의 말문이 더 열릴 것 같지 않아 방을 나왔다. 문밖에 아빠가 서 있었다. 오늘은 어디서 술을 마셨는지 몸을 비틀거린 아빠는 승규를 부르며 거실 소파로 갔다. 아빠는 할머니와의 대화를 들었다고 했다. 눈을 게슴츠레 뜬 아빠는 다짜고짜 삼촌에게 쫓겨난 그때를 죽어야 잊을 것 같다고 말했다. 삼촌은 어미와 형을 이용만 해 먹고 쫓아낸 나쁜 놈이었다고 말하며 반성이 없거나 사과하지 않으면 먼저 다가가거나 손을 내밀지도 않을 거라고 했다. 승규 결혼식 때도 어찌어찌 알게 돼서 삼촌이 오는 건 상관 않겠지만 그전에 일부러 만나서 쫓겨난 이야기를 끄집어내거나 물을 필요는 없다고 말했다. 승규가 정태 삼촌을 만났다고 말하자, 아빠는 고개를 좌우로 흔들고 눈을 깜박거렸다. 삼촌한테 엄마를 만나야 하는지 의견도 묻고 삼촌이 왜 우리를 쫓아내고 살아야만 했는지 그 저의가 괘씸해서 만났다고 말했다. 아빠는 "어허, 어허!"를 연신 해대며 옆에 둔 기타를 들어 무르팍에 올리고 가슴에 품었다. 줄을 댕댕거리며 노래를 흥얼댔다.

'그대 보내고 멀리, 가을 새와 작별하듯…' 부르다 말았다. '저 푸른 초원 위에, 그림 같은 집을 짓고…'가 흘러나올 것 같은 아빠 입에서 그런 노래가 입술 밖으로 삐져나오다니. 요즘 들어 아빠는 부쩍 이 노래를 자주 불렀다. 당신의 아내가 그리운 걸까. 아빠는 다른 노래를 또 부르다 말고 딴소리를 했다.

"예술 없는 삶은 죽음이야. 예술은 내가 살아가는 이유고 낙이지."

아빠는 기타를 품은 채 소파에 몸을 기대며 입술을 닫고 눈도 감았다. 승규는 잠든 예술가를 한참 동안 바라보았다.

승규가 중학교 2학년 때였다. 깊어가는 가을, 어느 금요일이었다. 할머니가 차린 저녁밥을 먹고 난 아빠가 출근 준비를 하면서 내일은 참고서를 사주고 다음 달부터 학원도 보내주겠다고 승규에게 말했다. 사달라거나 보내달라고 조른 적이 없는데도 말이다. 공부는 스스로 하는 거라며 학업에 무관심한 아빠였는데, 공부 잘하는 사람은 학교 선생님 설명 잘 듣고 집에서 교과서만 가지고 공부해도 잘한다던 아빠였는데, 학원 수강은 사치에 불과하다던 그런 아빠였는데, 사주니 보내주니 말하면서 짓는 표정을 보니 복권 2등이라도 당첨된 걸까. 아니면 행사를 뛰는 것일까. 그것도 아니면 아빠의 막연한 소망인지.

아빠가 기타를 메고 집을 나섰다. 승규는 밖으로 나가 아빠의 출근길을 따라 걸었다. 아빠를 미행하기 위해서였다. 오늘은 왠지 모르게 기분이 좋을 것만 같았다. 승규가 어릴 때부터 아빠는 예술 하러 나간다며 이른 저녁에 기타를 메고 출근을 했는데 어디서 예술을 하는지 적이 궁금하기도 했다. 아빠는 예술 하다가 여자도 만났고 결혼까지 해서 승규를 낳았다고 말했다. 아빠의 예술로 자란 승규는 친구들에게 우리 아빠는 음악예술가라고 자랑까지 했던 아빠의 예술, 그 예술이 보고 싶어 아빠를 따라나서곤 했지만 아빠는 동행을 한사코 거부하며 승규를 집으로 돌려보내곤 했다. 오늘은 아빠에게 들켜도 아빠는 승규 손을 잡고 예술 현장으로 향할 것만 같았다.

집에서 멀어진 아빠는 버스 정류장을 지나쳤다. 걸었다. 걷기만 했다. 횡단보도를 지그재그 건너며 아랫동네로 간 아빠는 먹자골목에 들어섰다. 편의점에서 맥주 한 캔을 사들고 나온 아빠를 보았다. 안쪽으로 더 걸어간 아빠는 네온사인이 현란한 나이트클럽을 향해 걸었다. 나이트로 가는 걸까. 아빠는 가다 말고 7080이 형형색색 반짝이는 간판을 향했다. 거길까. 다시 문화회관 쪽 이정표를 따라 걸었다. 문화회관 무대에 서는 걸까. 거기라면 우리 아빠가 수준 높은 음악예술가라고 어깨를 으쓱하며 학교 친구들에게 자랑해도 될 것 같았다. 문화회관으로 향하던 아빠는 길가 벤치에 기타를 내려놓고 앉아 맥주를 마셨다. 무대에 설 사람이 술을 마시다니. 무대 공

포증이라도 있는 걸까. 맥주를 마신 아빠는 더 이상 문화회관 쪽으로 걷지 않았다. 아빠는 벤치 반대편 길 가장자리에 기타 가방을 바닥에 펼치고 기타를 들었다. 바닥에 신문지를 깔고 가부좌를 틀며 앉았다. 기타를 쳤다. 노랠 불렀다.

승규는 등 뒤에 숨어 아빠를 보았다. 연습하는 걸까. 연습하다 문화회관 무대에 서는지는 알 수 없지만, 이런 곳이 아빠의 공연장이라면 친구들에게 자랑은커녕 부끄러워서 피해 다닐 것만 같았다. 우리 아빠는 음악예술가라고 서슴없이 자랑했는데, 아빠의 무대는 길거리가 아니어야 하는데. 아빠가 노래를 부르자 행인들이 가던 길을 멈추고 아빠를 바라보며 노래를 들었다. 힐끔 쳐다보며 가던 길을 더디 걷거나, 듣고 나서 가거나, 더러는 벤치에 앉아 노래를 감상했다. 따라 부르기도 했다. 아빠는 마이크도 없이 악보도 없이, 통기타의 현을 뜯으며 아빠만의 예술세계에 빠져들었다. 때로는 사방을 바라보며 신나게 부르거나 때로는 눈을 지그시 감거나 뜨며 금방이라도 눈물을 쏟아낼 듯 애절하게 불렀다. 노래가 끝날 때마다 관객들은 박수를 쳤다. 일부는 음료수나 캔맥주를 사서 바닥에 깔린 기타 가방에 올려놓거나 돈을 놓았다. 관객 중 술이 떡이 된 중년 남성은 비틀거리다 아빠 곁으로 다가와서 노래를 따라 하다 몸을 흔들었다. 노래가 끝나자 지갑에서 돈을 꺼내 기타 가방에 넣었다. 참고서 두 권 값은 돼 보였다. 남성은 노래를 신청했다. 아빠가 신청곡을 불렀다. 노래를 끝낸 아빠는 객이 두고 간 캔맥주를 따서 마셨다. 다시 노래를 불렀다. 행인들은 멈추거니 서거니 앉거니 하며 노래를 감상했고 돈을 놓기도 했다. 아빠는 두 시간 넘게 노래를 부른 뒤 기타를 내려놓았다. 길거리 공연이 끝났다.

아빠는 문화회관 쪽으로 가지 않았다. 모금액을 지갑에 넣고 집으로 가는 길을 걷다가 순댓국집으로 들어갔다. 아빠가 앉은 식탁에 소주가 놓였다. 승규는 집으로 왔다. 두 시간쯤 지나자 아빠가 왔다. 얼굴이 벌겋게 달아오른 아빠는 음료수 두 캔을 방바닥에 놓았다. 하나씩 마시라고 했다. 길거리 공연에서 관객이 건넨 음료수 같았다. 아빠는 또 지갑에서 돈을 꺼내 승규에게 건넸다. 참고서값이라고 했다. 승규의 눈에 비친 아빠는 거리의 악사였다. 그것도 백 번 양보한 표현이었다.

삼촌에게 전화가 왔다. 알 건 알아야 하고 상의할 것이 있으면 하자며 만나자고 했다. 승규는 삼촌이 사는 빌라로 가겠다고 했다. 승규가 삼촌 집에 이르렀을 때 삼촌이 빌라 입구에 서 있었다. 삼촌은 승규가 할머니와 함께 살았던 반지하 방을 잠깐 보고 나서 이야기하자며 앞장섰다. 반지하로 갔다. 창문은 그대로였다. 삼촌의 저의는 알 수 없지만 삼촌은 안방 창문과 창문 바로 아래 시멘트 바닥을 밟고 섰다. 그러고는 "그런 비가 또 내리면 물이 들겠네. 나는 왜 뒷짐만 지고 있었을까"라며 혼잣말을 했다. 승규의 시선은 화단에 서 있는 목련으로 향했다. 있던 자리에 있었지만 목련은 더 넓고 높게 뻗었고 굵었다. 승규가 안방 창문을 열고 창밖을 내다볼 때마다 움이 트고 꽃이 피고 잎이 떨어지곤 했는데, 지금은 가지만 앙상하게 드러낸 채 꽃이 피기만을 목을 빼고 기다리는 것 같았다. 할머니는 꽃이 피고 잎이 무성한 목련을 볼 때마다 활짝 웃곤 하다가 시야를 벗어나거나 겨울이 되면 종종 우울한 표정을 지어 보이기도 했다. 삼촌은 그 집을 말없이 둘러보다 나왔다. 인근의 플라자 2층 카페로 갔다. 마주 앉은 삼촌은 승규에게 물었다. 아빠가 아직도 예술 하러 나가는지. 승규는 주말에 나간다고 대답했다. 삼촌을 보는 눈이 여전한지도 물었다. 승규는 아빠가 하는 말을 듣고 자랐을 뿐이라고 대답했다. 삼촌이 머리를 끄덕이다 가로저었다.

"승규야!"

불렀지만 한동안 말하지 않았다.

"삼촌은 네 아빠를 좋은 아빠로 만들고 싶었고 네가 그 이상 상처받지 않기를 바라는 마음 때문에 입을 다물고 있었는데…, 이젠 너도 어른이 됐고 엄마를 찾는 문제도 있고 하니 이젠 사실대로 말해야겠구나. 어릴 때 삼촌하고 함께 살았던 것만으로도 최소한 나쁜 삼촌이 아니라고 생각하기를 바랐는데….”

삼촌이 박촌마을부터 이야기를 꺼냈다.

정태가 회사 워크숍을 마치고 빌라에 들어서자 어머니가 공동 현관 밖에 나와 있었다. 길을 막고 선 어머니는 곧장 승규한테 가야 한다고 했다. 빈집에서 승규가 몇 시간째 울고 있다는 이웃집 여자의 전화를 받았다고 했다. 정태는 승규가 살고 있는 박촌하우스로 갔다. 방문은 열려 있었다. 바람 탄 눈이 문지방에 쌓여 있었다. 방으로 들어갔다. 옷에 허리가 묶인 채 승규가 울고 있었다. 목을 젖히고 꺼이꺼이 울며 엄마를 불렀다. 아빠도 불러대다, 알 수 없는 '소레'라는 말을 반복하며 울음소리를 냈다. 결박을 풀고 승규를 안았다. 종잇장 하나가 방바닥에 있었다. 종이를 집어 들었다. 정태 이름과 함께 전화번호가 적혀 있었다. 승규 엄마 필체 같았다. 엄마는 부재중이라는 걸 누군가에게 알리려는 의도였을까. 어머니에게 상황을 전달을 하려고 전화기를 들었다. 고객의 사정으로 전화를 걸 수 없다는 안내 음성이 나왔다. 전화기 옆에는 전기료, 수도료, 전화 요금을 재촉하는 독촉장이 쌓여 있었다. 승규 아빠는 예술 나간 걸까. 승규를 데리고 나가야 할 것 같았다. 승규 아빠 앞으로 몇 자 적어서 전화기 옆에 두었다. 문밖에서 유모차를 찾았지만 보이지 않았다. 눈 위로 유모차 구른 자국이 나 있었다. 누군가 끌고 나간 것 같았다. 승규를 데리고 박촌하우스를 나왔다. 집으로 왔다.

다음 날은 승규 아빠가 승규 옷가지가 든 가방을 메고 왔다. 그 다음 날은 통기타를 메고 두툼한 보따리를 껴안고 왔다. 안방에 이삿짐을 부리고 승규를 옆에 앉힌 승규 아빠는 어머니와 정태 앞에서 눈물을 흘렸다. 그뿐이었다. 그날부터 한집 식구가 되었다. 이후 승규 아빠는 일주일 넘게 집에만 머물렀다. 이사온 지 두 번째 금요일 저녁이 되자 승규 아빠는 기타를 메고 나갔다. 예술 나간다고 했다. 어디서 둥드르둥둥 해대며 예술을 하는지 알 수 없지만 예술 나가서 돈벌이를 해오겠다고 했다. 승규 아빠는 자정이 넘는 시각에 왔다. 다음 날도 비슷한 시각에 나갔고 자정이 넘어 돌아왔다. 올 때마다 술 냄새를 팍팍 풍기고 비틀거리며 현관 문지방을 넘었다. 그것이 일상이나 다름없었다. 어머니는 한여름에도 매일 버스를 타고 열 정거장 넘게 오가며 남의 밭으로 일 다녔는데, 정태도 직장에 나갔는데, 승규 아빠는 한 달 중 스무날 이상은 낮이나 밤이나 어린 승규와 함께 방 안에서 세월을 보내며 저녁마다 술을 마셨다. 알코올중독자나 다름없었다. 술을 마신 채 기타를 메고 예술 나가는 건 다반사였고 돌아올 때는 술에 절어 몸을 제대로 가누지 못했다. 승규 아빠의 일상은 그랬다. 그런 삶이 낙이라고 했다. 빌붙어 살면서 월세는커녕 다달이 얼마씩이라도 생활비에 보태라며 돈을 내민 적도 없었다. 독립에 대한 의지조차 없었다. 오히려 눌러앉으려고 했다. 어머니는 가끔 꾸중을 했고 정태는 얼굴을 구겼다. 다투기도 했다. 그렇게 살았다. 승규는 유치원을 가지 않았다. 돈 때문이었다. 속셈학원에 다녔다. 그 학원에서 한글을 배우고 수학도 익히는 중이었는데 승규 아빠는 그마저도 끊고 말았다. 등록금을 몇 달째 미납했기 때문이었다. 승규는 아빠와 정태의 어깨너머로 한글을 깨우쳤다. 정태는 승규에게 구구단 암기를 지도했다. 승규는 구구단을 외웠다. 그런 후 초등학교에 입학했다.

이야기가 이어지는 동안 승규는 입을 다물고 창밖을 보았다. 삼촌도 창밖을 응시하며 말을 이었다.

정태는 승규가 초등학교 4학년이었을 때 승규와 따로 살았다. 결혼 때문이었다. 첫사랑을 잃고 방황하던 정태에게 두 번째 사랑도 떠나고 말았다. 세 번째도 실패였다. 결혼 못 한 친구들이 드물 때쯤 네 번째 사랑이 다가와 움트기 시작했다.

마지막 연애여야 했다. 첫사랑을 제외한 나머지 사랑이 실패한 이유 중의 하나는 동거인 때문이었다. 잘나지 못한 자신 탓이었지만 사랑을 멀어지게 하는 이유 중 하나를 제거해야만 했다. 구조조정이었다. 집을 내놨다. 현금 박고 빚으로 돈 끌어다 정태가 마련한 집이었다. 집을 내놨지만 제값 받기가 힘들었다. 터무니없는 가격이어야 가능할 것 같았다. 매매를 포기하고 말았다. 승규 아빠는 승규 할머니를 모시고 살겠다며 정태를 내보내고 눌러앉으려고 했다. 정태에게 반지하 단칸방 월세 보증금 정도는 마련해서 보태줄 수 있다고 했다. 어머니가 저축한 돈이 있다고. 승규 아빠의 제안을 수용한다면 네 번째 사랑마저 움만 트다 말 것 같았다. 어머니가 거처하도록 월세 보증금이라도 마련할 만한 자식은 아무도 없었다. 아들만 넷이었지만 첫째는 영농자금 대출을 받아 포도 농사를 하다가 빚에 시달렸고, 둘째는 승규 아빠였다. 셋째는 작은 섬에 은거하는 자연인이 되고 말았다. 넷째가 정태였다. 정태는 돈 한 푼 쥐여주지 않은 채 어머니와 승규, 승규 아빠를 내몰고 말았다. 그러자 네 번째 사랑은 떠나지 않았다.

삼촌이 긴 숨을 내쉬었다. 승규는 고개를 숙이다 창밖을 바라보았다.

할머니와 아빠는 어제 이사를 했다. 오늘은 엄마를 만나러 간다. 승규는 할머니와 아빠가 이사한 집을 알지 못했다. 지근거리에 마침 좋은 집이 나와서 얼른 이사했다고 했다. 어제 저녁까지만 해도 할머니가 식료품 골판지 박스 몇 개를 구해 오면서 다음 주말에 이사할 거라고 했지만, 승규가 출근한 틈에 야반도주하듯 떠나고 말았다. 이사하기 전에 집 구경도 할 계획이었고 다음 주말에는 이사를 도우려고 날짜까지 비워두었는데 무산되고 말았다. 아침 일찍 집에 와서 승규에게 아침을 차려준 할머니는 이삿짐이 정리되면 부르겠다고 말하며 닥친 일부터 잘 해결하라고 했다. 엄마가 화제에 오를 때마다 "썩을 년!"을 시작으로 시종일관 적개심을 품은 할머니인지라 오늘도 얼굴이 밝아 보이지 않았다. '내가 당신이 버린 아들이오.' 정도만 일러주거나 얼굴만 보고 오라는 표정 같았다. 승규는 사전에 답사한 약속 장소로 향했다. 버스를 탔다. 약속 장소보다 한 정거장 전에 내렸다. 장소는 승규가 정했다. 박촌하우스 아래 이디파스 커피전문점이었다.

승규는 엄마 목소리를 들은 적이 없었고, 문자도 받은 적 없었다. 아빠가 승규 대신 연락을 주고받았다. 신혼 때 찍은 사진만 자주 봤을 뿐 얼굴 한번 마주친 적 없는 엄마였지만 이디파스로 가는 고객 중의 한 사람이라면 엄마였던 사람을 알아볼 수 있을 것 같았다. 인근 정거장에 내린 승규는 이디파스를 향해 걸었다. 중학교 다닐 때 자주 걸었던 길이기도 했다. 같은 반 친구 중의 하나가 집이 박촌마을이었고 아빠가 기억한 박촌하우스 인근에 살았기 때문이었다. 어쩌면 윗집 아랫집에서 태어나 하나가 울면 하나가 따라 울고, 떼쓰면 떼쓰고, 눈길을 신나게 걸으면 그 발자국을 서로 포개고 놀았을 것만 같았다. 그래서 더 친했고 다른 친구의 동네 길보다 더 자주 걸었다. 엄마가 뿌리치며 집을 나간 탓에 울며 걸어 나왔던 그 길이기도 했다. 친구와 만나고 헤어진 후 이 길을 홀로 걸을 때마다 승규의 눈동자는 더 바삐 구르곤 했다. 엄마 손을 잡고 걷는 꼬마 아이를 볼 때마다, 유모차를 밀고 가는 여인을 볼 때마다, 엄마 옆에서 걷는 또래 친구를 볼 때마다, 엄마 또래의 여인과 승규를 향해 다가오는 어느 여인을 볼 때마다 시선은 그들에게 향하곤 했다. 나쁜 엄마일지라도 엄마 목소리가 들릴 것 같아서.

그랬던 길을 걸으며 이디파스로 갔다. 약속 시간은 여유가 있었다. 건물 밖에서 엄마를 기다렸다. 약속 시간이 다가오자 유모차를 끄는 어느 여인이 보였다. 그 여인은 승규가 서 있는 곳으로 점점 다가왔다. 엄마 같았다. 유모차에는 손자가 탔을까. 빈 유모차일까. 승규를 버리고 떠난 날 엄마 손에

이끌려 이 길에 쌓인 눈 위를 구르다 사라진 유모차일까. 유모차를 끈 여인은 승규 앞에서 걸음을 멈췄다. 여인이 승규를 빤히 보았다. 승규도 여인이 보는 것처럼 보았다.

"승규입니다."

"내가… 엄, 마, 다."

서로를 확인하고도 승규와 엄마는 한참동안 입을 열지 않았다. 승규는 엄마가 밀고 온 유모차를 응시했다. 엄마가 유모차의 지퍼를 열고 천을 걷어 올렸다. 강아지가 타고 있었다. 승규가 강아지와 눈이 마주치자 컹컹거렸다. "소레!" 엄마가 소리쳤다. '소레'라니. 엄마가 승규를 두고 떠난 날 엄마를 불러대고 '소레'도 부르며 울었다고 했다. 할머니 집에 왔을 때도 한동안 소레를 찾았다는 그 강아지 이름이 소레였다. 강아지가 탄 유모차가 왔고 소레가 왔다. 승규는 박촌하우스가 있었던 오르막길을 하염없이 바라보다 엄마와 함께 이디파스로 들어갔다. 승규가 소레를 응시하자 엄마는 얼마 전 입양한 유기견이라고 말하며 유모차도 그때 끌고 간 유모차는 아니라고 했다. 승규 아빠를 통해서 집안 사정을 잘 알고 있다는 엄마는 먼저 말을 꺼냈다. 남편을 믿고 승규를 키울 자신이 없었다고. 승규는 말없이 창밖을 보았다. 오랫동안 보았다. 엄마가 물었다. 왜 창밖을 그렇게 보느냐고. 승규가 말했다.

“세 살 때였어요. 할머니와 함께 살 때 삼촌이, 승규야! 왜 창밖을 그렇게 보니, 엄마 생각하니? 그래서 제가 이렇게 대답했답니다. 내 맘 아무도 몰라라고.”

엄마는 말없이 고개를 숙였다. 소레가 유모차에서 낑낑거렸다. 엄마는 소레를 쓰다듬었다. 승규는 또 창밖으로 시선을 돌렸다. 어색한 시간이 흐르다 멈췄다. 승규는 정중히 인사를 하고 이디파스를 나왔다. 이십여 년 전 겨울, 엄마가 유모차를 끌고 떠난 길을 따라, 엄마의 발자국을 밟고 울면서 엄마를 하염없이 불렀던 그 길을 걸으며 박촌 마을을 벗어났다.

집에 오자 할머니가 현관문을 열고 집을 나서려던 참이었다. 이삿짐도 풀고 정리도 해야 해서 가야 한다고 했다. 승규가 돕겠다고 따라나서자 할머니는 몸을 떨더니 손사래를 쳤다. 결혼식 끝나고 천천히 와도 된다고 말한 후 화제를 돌렸다. 엄마 만난 소감을 물었다. 대답을 듣고 난 할머니는 잰걸음으로 빠져나갔다. 승규는 고개를 갸우뚱거리며 밖으로 나갔다. 할머니 뒤를 밟았다. 할머니가 버스를 탔다. 승규는 얼굴을 가리고 할머니가 탄 버스를 탔다. 할머니는 익숙한 동네 정류장에서 내렸다. 삼촌이 사는 빌라가 있는 동네였다. 승규도 내렸다. 할머니는 삼촌 집으로 가는가 싶더니 삼촌 집을 지나치며 몇 걸음 더 걷다가 집으로 들어갔다. 그 집은 어릴 때 물난리를 겪었던 반지하였다. 승규는 발걸음을 무겁게 내딛으며 그 집으로 갔다. 방문을 열었다. 아빠는 낮술을 마셨는지 벌건 얼굴로 머리를 긁적거리며 승규를 보았고, 할머니는 눈을 크게 뜨고 입을 벌리며 적이 놀란 표정을 지었다. 그런 시간이 짧게 흘렀다. 승규는 방으로 들어갔다. 할머니가 창문을 열고 승규에게 가까이 오라고 손짓했다. 승규가 다가갔다. 할머니가 창밖으로 손을 뻗었다.

"승규야! 화단을 보거라. 봄이면 활짝 피는 저 목련이 좋아서 이사 왔단다. 올겨울 지나면 내년에도 피겠지?"

"…."

"승규야! 잘 살아야 한다."

할머니의 목소리가 가늘게 떨렸다. 승규는 머리를 숙였다.

죽음의 시

✦

시를 가슴에 품은 날부터 종기는 '마우스 오'가 있는 물류센터의 셔틀버스를 타지 않았다.

여름이었다.

문자가 떴다.

'출근 확정, 신분증 지참, 운동화 착용'.

물류센터에서 온 출근 안내 문자였다. 종기는 물류센터로 갔다. 출근 접수를 끝내고 라커룸에서 대기하던 종기는 붉은 조끼를 입은 사원을 따라 작업장으로 갔다. 작업장 입구에 검색대가 있었고 건장한 청년이 '보안'이라는 완장을 두른 채 검색대 옆에 서 있었다. 종기가 검색대를 통과하려고 하자 삑삑대는 소리와 함께 붉은 빛이 번쩍였다.

"사원님, 휴대폰은 소지하시면 안 됩니다."

보안의 말이었다.

한 발 물러선 종기는 주머니에서 휴대폰을 꺼내 보안에게 넘기고 검색대 앞으로 한 발짝 다가갔다. 또 소리가 났고 불빛이 일었다.

"음료수나 색깔 있는 물도 안 됩니다."

주머니에서 음료수를 꺼내고 검색대를 통과한 종기는 일행의 꽁무니를 따라갔다. 노란 조끼를 착용한 사원들이 종기를 비롯한 신규 사원들을 중앙으로 안내했다. 중앙에는 붉은 조끼를 걸친 사원들이 모니터를 보며 데스크에 앉아 있거나 광장에 서 있었다. 광장에 있던 사원이 신규 사원들에게 자신을 중심으로 사열 종대로 모이라고 지시한 후 인원 점검을 했다. 인원 점검이 끝나자 피디에이(PDA, 휴대용 개인정보 처리기)를 배포했다. 종기도 피디에이를 손에 쥐었다. 데스크에서 여사원 하나가 신규 사원들에게 가까이 오라고 손짓을 했다. 사원들이 다가가자 데스크에 부착된 바코드 리더기에 원 바코드(사원 바코드)와 피디에이 바코드를 한 사람씩 찍으라고 지시했다. 종기는 목걸이에 달린 원 바코드와 피디에이를 리더기에 댔다.

종기는 일처리가 능숙한 기존 사원과 함께 작업 현장을 오가며 교육을 받았다. 삼십 분 정도였다. 사원은 작업 중에 문제가 발생하면 노란 조끼를 걸친 사원이나 중앙데스크에 도움을 요청하라는 말을 끝으로 교육을 끝냈다. 종기는 현장에 투입됐다. 피디에이 메뉴판을 열고 '자동배차할당'을 터치했다. 피디에이가 작업 지시를 했다.

'저희 물류센터에 오신 것을 환영합니다. 토트 한 개와 카트를 준비하세요.'

토트를 카트에 올렸다. 토트에 붙은 바코드에 대고 피디에이를 찍었다.

'C-38번, 밀가루 3Kg 1개'

종기는 C-38구역으로 이동했고 밀가루를 꺼내 토트에 담았다.

'D-67번, 밀크 24입 1개'

D-67에서 밀크를 토트에 담았다. 피디에이 지시에 따라 물건을 카트에 담고 나르기를 반복했다. 작업을 시작한 지 오십 분쯤 됐을까. 출고 지시가 사라졌다. 휴식을 알리는 화면이 나왔다.

'건강을 위해 10분간 휴식을 취하세요.'

종기는 하던 일을 멈추고 기둥 옆 정수기에서 물을 따라 마셨다. 화장실도 다녀왔다. 물건이 빈 팔레트에 걸터앉았다.

시계를 보았다. 휴식 시간이 남아 있었다. 지그시 눈을 감았다. 소리가 났다. 카트 구르는 소리, 발자국 소리, 레일을 타는 토트 소리, 배차 할당 마감을 알리는 안내 방송, 걸그룹의 가요….

누군가 부르는 소리가 났다. 눈을 떴다. 노란 조끼를 걸친 사원이었다. 종기에게 이름을 물었고 이러고 있는 이유까지 물었다. 피디에이의 지시에 따라 휴식 중이라고 대답하자 피디에이를 다시 설정하라고 했다. 재설정했다. 긴급 할당이 떴다. 종기는 피디에이가 가리키는 구역으로 카트를 밀었다. 이후 휴식을 알리는 문자가 떴지만 무시했다. 달리다가 걷다가 토트에 물건이 넘치면 피디에이가 시키는 대로 레일에 얹거나 지정한 곳에 토트를 배치했다. 다시 빈 토트를 챙겨 물건을 담고 내려놓기를 반복했다. 작업을 시작한 지 세 시간쯤 지났을까. 안내 방송이 나왔다. 지금 부른 사원은 즉시 중앙으로 오라고 했다. 종기도 불렀다. 종기는 중앙데스크로 갔다. 관리 사원이 말했다.

"누구신가요?"

"박종기입니다."

이름을 확인한 관리 사원은 눈을 부릅뜨고 입술을 오므렸다.

"사원님, 유피에이치(UPH, 시간당 피킹)가 꼴찌네요. 일곱 시 오십 분에서 여덟 시 사이에 뭘 하셨습니까? 잠잤나요?"

"아, 그때, 피디에이가 십 분간 쉬라고 해서 물 마시고 화장실도 가고 잠시 쉬다가 일했습니다."

"사원님, 작업 들어가기 전에 교육 받지 않았나요? 자동 할당 마감 시간이 육 분 남았을 땐데, 쉬고 어딜 다녀와요? 사원님, 앞으로 그러시면 안 됩니다. 아시겠습니까?"

'아시겠습니까?'

그 의미를 알 것 같았다. 종기는 대답 후 돌아서서 출고 작업을 했다. 저녁 식사를 마치고 작업장에 들어선 지 한 시간쯤 지났을까. '지금 부른 사원은 작업을 중단하고 당장 중앙으로 오라'는 안내 방송이 작업장에 퍼졌다. 총 여섯이었다. 종기도 그중 하나였다. 중앙으로 간 종기는 데스크 앞에 섰다. 직원은 종기에게 가까이 오라는 손짓을 했다. 눈을 부릅뜨고 입술을 오므리며 종기에게 주의를 줬던 관리 사원이었다. 가까이 가자 그 사원은 앞에 있는 모니터를 종기 쪽으로 돌렸다.

"보세요, 사원님."

컨베이어에 올린 토트 사진이었다. 사진 속 토트에는 효자손이 삐져나와 있었다.

"보이죠? 이렇게 삐져나와서 컨베이어 센스에 걸리기라도 하면 센스가 고장 나서 작업이 마비됩니다. 그렇게 되면 그 손해는 상상을 초월합니다. 교육 안 받았나요? 주의하세요, 사원님."

교육을 받고 뒤돌아서자 식사 전에 불려왔던 낯익은 사원 몇이 눈에 띄었다. 종기는 퇴근 시간까지 상품을 토트에 채우고 카트를 밀고 지정 장소에 배치하기를 반복했다.

다음날도 종기는 같은 층에 배정받았다. 관리 사원들은 오십 명이 넘는 일용직 사원들을 중앙에 모아 놓고 조회를 했다.

첫째, 현장에서 뛰지 마세요. 부딪치면 사고 납니다.

둘째, 상품 바코드가 찍히지 않거나 파손됐거나 재고가 모자랄 때는 먼저 노란 조끼 입은 사원에게 도움을 요청하거나 중앙으로 오세요.

셋째, 오집(집품 잘못)이나 과집(넘치는 집품)이 없도록 주의하시고 신속히 집품해주세요.

넷째, 교육한 대로 따르지 않은 사원님은 중앙에 불려와서 경고를 받을 수 있으니 주의 바랍니다.

조회가 끝나자 종기는 토트를 카트에 올리고 스피커에서 흘러나오는 음악을 들으며 피디에이가 지시한 곳으로 걸음을 옮겼다. 두 시간쯤 지났을 때였다. 음악이 멈췄다. 방송이 나왔다.

'지금 부른 사원님은 하던 작업을 멈추고 즉시 중앙으로 오세요.'

종기를 또 불렀다. 중앙으로 갔다. 아홉 명이 모여 있었다. 중앙데스크에 불려 간 사원들은 한소리씩 듣고 작업장으로 복귀했다. 종기 차례였다.

"사원님은 밑에서 네 번째로 시간당 피킹이 저조합니다. 좀 빠르게 집품해주세요."

종기는 대답하지 않았다. 관리 사원은 같은 말을 반복했다. 종기는 관리 사원을 노려보았다. 관리 사원은 입술을 오므렸다 펴며 맨 뒤로 가서 다시 차례를 기다리라고 했다. 뒤로 갔다. 차례가 돌아왔을 때 종기는 뒤를 힐끗 보았다. 남자 사원이 서 있었다. 종기는 다시 데스크로 갔다. 입을 열었다.

"저는 발이 아프도록 걷고 땀을 흘리면서 집품했습니다. 제 얼굴 좀 보세요, 땀을 뻘뻘 흘리고 있잖아요. 그만큼 열심히 일했는데 저조하다니요?"

관리 사원은 입술을 오므렸다 폈다.

"열심히 일했다는 사람이 잘한 사람 절반에도 못 미칩니까?"

종기가 얼굴을 붉혔다.

"좀 전에 제가 중앙데스크에 와서 요청한 내용 잘 알고 계시죠? 문제가 발생했는데 주변에 노란 조끼 사원이 보이지 않아서 중앙에 왔습니다. 왜 중앙에 왔는지 잘 아시잖아요? 2Kg짜리 설탕 두 포를 집품해야 되는데 둘 중 하나가 터져 있어서 토트에 담아야 할지 말지 고민돼서 왔던 거. 그 설탕 꺼내느라 얼마나 힘들었는지 아시나요? 아무리 찾아도 재고는 없고, 주변에 있는 박스를 모두 들어내서 바닥에 깔린 걸 빼내고, 들춰낸 박스를 다시 쌓고 하면서 시간이 걸렸어요. 그랬으니 당연히 시간당 피킹이 저조할 수밖에 없죠. 제가 그러고 있을 때, 어떤 사원은 눈앞에 있는 마스크 백오십 곽을 순식간에 토트에 담고 이동하는 것을 봤어요. 마스크를 집품한 사원은 동작이 빨랐기 때문인가요? 그 사원은 그런 행운이 따라서 시간당 집품량이 평균 이상으로 많아졌겠죠. 그 사원은 이 자리에 당연히 없을 거구요. 역으로 제가 마스크를 집품하고 마스크를 집품한 사원이 저처럼 설탕을 집품했다면, 지금 이 자리에 제가 서 있을까요? 원인을 분석하지 않고 무조건 재촉하거나 을러메는 건 옳지 않다고 봅니다. 퇴근 전까지 총량으로 평가한 결과라면 저도 수긍하겠지만…."

관리 사원이 말을 가로막으며 종기 뒤에 서 있는 사원을 불렀다.

"가까이 오세요. 앞에 있는 사원님과 나란히 서세요. 사원님도 저조합니다. 속도를 높여 주세요."

종기 옆에 선 사원도 불만을 쏟아냈다. 관리 사원은 몸을 뒤로 틀더니 서랍에서 용지를 꺼냈다.

"사실확인섭니다. 각자 작성해주세요. 확인서는 지시 사항에 순순히 응하지 않고 토를 달거나 작업량이 현저히 떨어진 사원님들이 작성하게 됩니다. 작성을 거부하시면 사원님들께 불이익이 따를 수 있습니다."

사실확인서를 받아든 종기는 인적 사항에 이름을 쓰고, 사원이 불러준 대로 '내용'란을 채운 뒤 작업장으로 이동했다.

종기가 저녁 식사를 마치고 휴게실로 가던 길이었다. 등 뒤에서 누군가가 종기를 불렀다. 뒤를 돌아보았다. 중앙데스크에서 사실확인서를 함께 쓴 구윤재 사원이었다. 구윤재 사원은 종기를 그때 처음 보았고 이름까지 외웠다고 했다. 종기도 그랬다. 종기는 그와 함께 휴게실로 갔다. 구윤재는 캔음료 두 개를 자판기에서 뺐고 그중 하나를 종기에게 건넸다. 음료수로 목을 축이고 대화를 나누다 끊기자 구윤재가 휴대폰에서 시 한 편을 불쑥 끄집어냈다. 이곳 물류센터에서 일하다가 그만둔 어느 일용직 사원의 시라고 했다. '짐승이 된 노동자여!, 기계에 예속된 일용직이여!'로 시작하는 시는 '피안의 길목, 고통, 죽음' 등 어두운 시구와 시어가 행마다 묻어 있었다. 구윤재는 이 시가 우리를 대변한다고 말한 후 이곳에 대한 썰을 풀었다.

"붉은 조끼 걸치고 중앙데스크에서 일용직 사원을 혼낼 때마다 입을 오므리는 관리 사원 알죠? 사실확인서 쓰라고 했던 사원. 그 사원 별명이 마우스 오예요. 입술을 둥그렇게 오므리고 모으는 버릇이 있어서 붙인 별명인데 악명 높기로 유명하죠. 다른 층에서도 다그치지만 마우스 오는 신입이든 기존이든 구분 없이 실수하면 적개심을 품고 윽박질러요. 그러니까 작업 장소 배정받을 때 마우스 오가 있는 층에 배정 받으면 사원들이 '으!' 하면서 탄성을 지르죠. 재수 꽝이라고. 종기 사원님이 사실확인서를 쓰기 전에 마스크와 터진 설탕으로 작업량을 비교하면서 문제 제기를 하던데 적절한 논리예요. 어떤 사원한테 마스크가 항상 걸려든 것도 아니고 터진 설탕이 항상 걸리진 않지만 어쨌든 선택된 사원에게는 말이 없고 다른 사원이 혜택을 누리도록 희생한 사원은 벌을 받는 불공평. 집품이 상승한 자는 더 상승하고 하강한 자는 상대적으로 걷잡을 수 없이 곤두박질을 치죠. 그런데도 누구 하나 그런 현상을 말하지 않아요. 모두 입을 다물고 있지. 지금 주위를 보세요. 눈을 감거나 고개를 숙이고 있잖아요. 일에 지쳐버렸거나, 부당한 것을 지적해서 얻을 게 없다는 심리가 작용한 탓이겠죠. 작업장에 발을 딛는 순간 일용직은 신체 포기 각서에 서명한 거나 다름없어요. 사물함 자물쇠가 인간의 존엄까지 넣고 잠가버린 거죠. 자물쇠가 열리기 전에는 기계를 작동하고 작동하는 기계의 노예가 되는 기계의 노예들, 인간의 노예들, 또한 중앙에 철저하게 감시당하는 죄수나 다름없죠. 일용직 사원들은 보일 뿐이고, 보이지 않은 중앙은 일용직 사원들을 볼 수 있는, 그야말로 원형 감옥 파놉티콘이랄까…."

구윤재가 말을 멈추고 벽에 걸린 시계를 보았다. 식사 종료 십 분 전이었다. 종기와 구윤재는 벽시계를 보며 일어섰다. 그들은 작업장으로 들어갔다.

이틀이 지난 후 종기는 식당에서 구윤재를 만났다. 함께 식사를 했다. 휴게실 자판기에 동전을 넣고 탄산음료를 꺼내 마시며 잠깐 동안 대화를 했다. 연락처도 주고받았다. 다음날도 그를 만났다.

"쪄죽겠다. 종기야! 오늘 같은 날 물류센터는 가지 마라."

"그럼, 우리 횟집에서 배달하면 안 돼요?"

종기 엄마가 명령했고 종기가 물었다. 종기 엄마는 몇 푼 아끼자고 배달하다 사고라도 나면 어떡하느냐며 배달은 배

달 업체에 맡기겠다고 했다. 한여름이라 배달 주문도 뚝 끊겨 식구대로 마주 보며 하품만 해댈 수 없는 노릇이고 속만 상할 거라며 종기 엄마는 종기가 가게에 나오는 걸 한사코 반대했다. 가게를 정리하는 것도 끌고가는 것도 걱정이라고 했다. 폐업비 걱정에 월세 걱정까지. 걱정거리만 가득한 집안 사정 때문에 대학생인 종기는 등록금 걱정이라도 덜고자 짬짬이 아르바이트를 했다. 전단지를 돌렸고 커피전문점에서 서빙도 했다. 편의점 알바도 했지만 그런 자리도 녹록지 않았다. 그런 이유로 물류센터에 출근했다. 오후 여섯 시부터 다음날 새벽 네 시까지 근무하는 '오후 조출조'였다. 종기 엄마가 '쪄죽겠다'며 물류센터는 나가지 말라고 했지만 종기는 오늘도 나가서 몇 푼 더 모을 작정이었다.

물류센터에 출근했다. 작업장에 들어서자 후덥지근했다. 숨이 멎을 것 같았다. 낮에 근무했던 사원들이 퇴근을 알리는 방송이 나오기가 무섭게 땀 냄새를 풍기며 탈출하듯 작업장을 빠져나갔다. 종기는 집품 작업을 시작했다. 카트에 토트를 올리고 걷다가 달리며 상품을 토트에 담았다. 땀이 온몸에서 솟구쳤다. 이마에서 흐른 땀이 목덜미와 가슴팍에서 삐져나온 땀과 함께 배꼽 아래까지 또르르 굴러 내리거나 등줄기를 타고 흘러 아랫도리를 적셨다. 종기는 기둥에 걸린 선풍기 바람을 쐤다. 턱에 걸린 땀방울이 선풍기 바람에 흩날렸다. 목이 말랐다. 정수기가 있는 곳은 아득한 저편 기둥이었다. 종기는 정수기 쪽으로 몇 걸음 옮기다 멈추고, 피디에이가 시키는 대로 중앙데스크 쪽으로 카트를 굴리다 정수기와 맞닥뜨렸다. 중앙데스크 쪽으로 곁눈질을 하며 물을 마셨다. 마우스 오가 노려보는 것 같았다. 종기는 상품 진열대로 재빨리 몸을 숨기며 피킹을 이어갔다. 박스를 개봉할 때마다 숨어 있던 열기가 쏟아져나왔다. 물건에 바코드를 찍고 있을 때 구윤재가 카트를 밀고 왔다. 턱에 걸린 땀을 훔치며 다가오더니 주머니를 뒤적거리다 사탕 하나를 꺼내 종기에게 건넸다. 당 떨어지면 어지럽다며 미리 먹어두라고 했다. 종기는 사탕을 입에 넣었다. 구윤재는 뛰어다니며 상품을 토트에 채웠다. 종기보다 동작이 빨랐다. 중앙에서는 더 이상 구윤재를 부를 것 같지 않아 보였다. 종기 입에서 사탕이 녹아 사라질 무렵 중앙에서 종기를 불렀다. 구윤재도 불렀다. 둘뿐이었다. 중앙데스크로 갔다. 마우스 오가 입을 오므리다 벌리기를 반복했다.

"박종기 사원님! 사원님 토트에 있어야 할 화장품 샘플 세 개가 왜 구윤재 사원님 토트에 있는 거죠?"

마우스 오가 구윤재에게 고개를 돌렸다.

"구윤재 사원님, 누구 잘못인가요?"

구윤재는 눈을 멀뚱거렸다. 종기가 말했다.

"제 잘못입니다. 아까 B구역 쪽에서 피킹하다가 카트가 가까이 있어서 구윤재 사원님 카트를 내 카트로 착각했습니다."

마우스 오가 말했다.

"구윤재 사원님도 잘못이 있어요. 피킹 안 한 물건이 토트에 들어 있으면 재고를 파악했어야죠?"

구윤재는 주의하겠다고 말했다. 고개를 돌린 마우스 오가 종기를 한동안 쏘아보다 같은 실수를 반복하면 불이익이 따를 수 있다고 말한 후 양쪽에 대고 턱짓을 했다. 카트를 끌고 다시 작업에 돌입했다. 스피커에서 음악이 흘렀다. '하늘은 벌써 까맣고… 어떻게 벌써 열두 시네…' 작업장으로 향했다. 중앙에서는 십 분이 멀다 하고 집품을 재촉하는 방송을 내보냈다. '사원님들, 지금 받은 할당량은 해당 시간 마감 건입니다. 좀 더 속도를 내주시기 바랍니다. 오늘 집품을 가장 많이 한 사원에게는 포상금을 지급합니다. 다시 한번…'.

새벽 한 시가 지난 시각이었다. 작업장에 흐르던 음악이 멈추더니 '구윤재 사원은 중앙으로 오라'는 방송이 나왔다. 다시 음악이 흘렀다. '내 마음은 덤더럼 덤덤…'. 음악 한 곡이 끝나자 구윤재를 또 불렀다. 중앙으로 즉시 오라고 했다. 다시 음악이 나왔다. '심장이 훅 내려앉게 달콤해…'. 또 한 곡이 끝나자 "구윤재 사원님, 구윤재 사원님은 당장 중앙으로 오시기 바랍니다. 다시 한번 말씀드리겠습니다. 구윤재 사원님… 다시 한번… 지금 당장 오시기 바랍니다." 격앙된 목소리였다. 중앙은 사원들을 향해 피킹을 재촉한 후 음악을 내보냈다. '넌 광야를 떠돌고 있어, 아야야야야야이…'. 구윤재가 중앙으로 간 걸까. 그를 부르는 소리는 더 이상 없었다. 새벽 세 시였다. 종기는 또 중앙에 불려갔다. 하위 열 명에 속했기 때문이다. 동공을 넓히고 입술을 둥그렇게 모은 마우스 오가 종기에 대한 시간당 동선을 따졌다.

"사원님, 두 시 전후 십오 분간 피킹한 흔적이 없어요. 어디서 뭘 하셨습니까?"

"아, 그때 배치 장소에 토트 내리고 화장실 다녀왔습니다. 화장실이 막혔는지 금줄이 쳐 있고 출입금지 팻말이 빨갛게 붙어서 아래층 화장실에 갔다 오느라고…."

마우스 오는 좀 더 속도를 높여야 한다고 말하며 하던 작업을 이어가라고 했다. 새벽 네 시가 되자 중앙에서 퇴근을 알리는 방송을 했다. 사원들은 원 바코드를 찍기 위해 중앙데스크를 바라보며 차례를 기다렸다. 종기는 구윤재를 찾느라 두리번거렸다. 보이지 않았다. 바코드를 찍고 검색대를 빠져나간 종기는 사물함을 열고 휴대폰을 집어들었다. 구윤재에게 전화를 했다. 받지 않았다. 문자도 보냈다. 반응이 없었다. 건물 밖으로 나갔다. 셔틀버스를 타기 위해 걸었다. 걷다가 멈추고 뒤를 돌아보았다. 좌우를 보았다. 앞서 걷는 사원들을 보았다. 구윤재가 매번 탔던 셔틀버스에 올랐다. 두리번거리다 내렸다. 출입문에서 기다렸다. 구윤재는 보이지 않았다. 종기는 집으로 가는 셔틀버스를 탔다. 모습을 감춘 구윤재가 어제 휴게실에서 나누었던 대화의 내용과 인과관계가 있는지는 알 수 없지만 어제 했던 그의 말이 떠올랐다. 그는 그때 시 한 편을 화면에 띄우고 그랬다.

'이 시는 지금 여기와 너무 닮은 현장을 노래하죠. 내가 너무 진지한가요? 그럼 이만 접고 다른 얘기하죠. 좀 전에 여기가 직장이냐고 물었죠? 구직 중이에요. 올해 대학 졸업해서 입사 면접 몇 군데 봤는데 미끄러지고 몇 군데는 결과를 기다리고 있어요. 기다리는 동안 아르바이트라도 해야될 것 같아서 여길 왔죠. 넉 달짼데. 일주일에 두 번 오다가 세 번도 오다가 이젠 네다섯 번 와요. 집에 손 내밀기도 그렇고 해서. 아, 그만 일어서야겠네요. 식사 시간 끝나가요. 오 분 전까지는 중앙데스크 앞에 있어야 하는데. 늦겠어요. 뭡시다!'

구윤재를 만나면 물을 말이 많을 것 같았다.

'면접 봤다는 직장에서 연락 왔나요? 이쪽에서 만난 사람들

과는 얽히는 게 싫고. 그래서 전화도 안 받고 문자도 씹고….'

물류센터 휴게실에서 휴대폰을 꺼내들었다. 문자가 와 있었다. 발신자는 구윤재였다.

'나중에 연락드리겠습니다.'

문자를 보냈다.

'오늘 출근하셨는지요?'

보낸 후 답장을 기다리다 엄마에게 온 카톡을 열었다.

'아들아, 열대야다. 작업장은 5도가 더 높고, 일을 하면 또 5도나 더 오른다며? 숨 막히겠다. 그냥 조퇴하고 와.'

카톡을 닫고 휴게실을 두리번거렸다. 구윤재는 보이지 않았다. 오늘은 그가 없었다. 셔틀버스에서 쏟아져나온 사람 속에도, 원 바코드를 받아들고 현관 출입구를 통과할 때도, 3층까지 오른 엘리베이터에도, 작업장의 검색대를 통과할 때도, 중앙에서 바코드를 찍을 때도, 조회할 때도, 작업장에도, 위 아래층으로 작업 지원 갔을 때도, 식당에도, 복도에도. 이곳 물류센터에 구윤재가 존재하지 않은 것만은 분명해 보였다. 종기는 눈을 감았다. 속삭이는 소리가 미미하게 들렸다. 일용직 여사원들의 대화였다.

"작업 열 시간에 쉬는 시간은 저녁 먹는 한 시간뿐…." "마우스 오는 중앙에서 시간마다 콜이야… 사원마다 매일 한두 번씩 부르는 건 기본이고." "맞아." "…싫으면 뛰어다녀야 하는데… 그러다가… 피킹하다가 화장실에서… 그 시간대 재촉이 심했잖아." "그랬는데 지금은?" "아니…" "나도 오늘 그런 증상이 좀… 남의 일이 아니네." "조회 때는 누가 이랬다저랬다 그런 말도 없고…."

대화가 멈췄다. 종기는 눈을 떴다.

'피킹하다가, 그런 증상?'

대화 중이던 사원들이 뛰어나갔다. 종기도 뛰었다.

카톡이 와 있었다.

'오늘은 물류센터 가지 마라. 날씨가 장난 아니다.'

종기 엄마가 보낸 카톡이었다.

'아뇨. 방학인데 바짝 벌어야죠.'

종기가 카톡을 보내자 댓글이 바로 달렸다.

'새벽 여섯 시에 퇴근해서 씻고 어쩌고 일곱 시에 잠든 걸 봤다. 물류센터에 나간 날부터 자면서 끙끙 앓고, 악몽을 꾸는지 소리도 지르고. 오늘 같은 날은 큰일나겠다. 나가지 마라.'

쉬엄쉬엄 요령껏 하겠다고 엄마를 설득한 종기는 출근 시간이 다가오자 물류센터로 가는 셔틀버스에 올랐다. 목적지까지 이십 분가량 남았을 때였다. 전화벨이 울렸다. 이름이 떴다. 구윤재였다. 전화를 받았다. 여자였다. 구윤재 엄마라고 했다. 박종기 사원이냐고 물었다. 회사 동료인지, 윤재를 잘 아는지 물었다. 지난번 문자를 받았는데 이제야 연락드려서 미안하다는 말도 했다. 한동안 한숨 소리만 이어졌다. 한숨이라니. 구윤재에게 피치 못할 사정이 있는 것만은 분명해 보였다. 윤재 엄마는 "윤재가, 우리 윤재가, 그제 새벽 두 시쯤에 내 아들 윤재가, 그쪽 물류센터 2층 화장실 바닥에서 급성 심근경색으로 쓰러져서…." 더듬거리며 말을 잇지 못하던 구윤재 엄마는 윤재가 죽었다고 했다. 빈소도 없이 병원 냉동고에서 차가운 시신으로 누워 있다고 말했다. 회사가 산업재해로 인정하지도 않고 여러 가지로 불리한 상황이라며, 그날 윤재에 대한 동선을 아는 만큼만 증언해주면 고맙겠다고 했다.

물류센터에 도착한 종기는 2층 작업장 검색대를 통과했고 작업장에 들어섰다. 중앙에는 여전히 마우스 오가 자리를 지키고 있었고, 관리 사원들은 일용직 사원들의 머릿수를 셌다. 조회를 했고 작업 지시를 했다. 종기는 토트를 카트에 올리고 피디에이가 지시하는 구역으로 카트를 밀었다. 새벽 한 시가 지난 시각이었다. 여느 때처럼 작업장에 내보내던 음악을 중단하고 사원들을 불렀다. 집품이 저조한 하위 열 명이었다. 호명한 사원은 하던 작업을 멈추고 즉시 중앙에 모이라고 했다. 종기도 카트를 세워두고 중앙으로 갔다. 마우스 오가 집품량을 끌어올리라고 재촉했다. 사원들은 저마다 "예!"라고 했다. 그런 외마디 소리는 종기 차례에서 멈추고 말았다. 마우스 오가 입술을 오므리다 입을 벌렸다.

"사원님은 시간당 집품량이 평균보다 한참 떨어집니다. 좀 더 속도를 높여 주세요."

종기가 거친 숨을 내쉬며 대거리를 했다.

"어느 구역으로 가서 어떤 품목을 얼마나 피킹했는지 확인할 수 있습니까? 찾는 품목이 눈앞에 있었는지 구석에 깔렸는지 파악이 가능한가요? A구역을 피킹한 후 B구역으로 이동할 때 걸리는 시간을 측정할 수도 있는지요? 그것을 무시하고 주어진 시간에 1·2점짜리처럼 쉬운 문제 다섯 개 푼 사람은 합격시키고 난이도 높은 3점짜리까지 섞인 문제 네 개 푼 사람은 불합격시킨 격이나 다름없는 그 엉터리 계산법의 문제점과 불공정한 룰을 개선할 생각은 없습니까?"

마우스 오는 입술을 모았다 폈다.

"사원님하고 실랑이 벌일 생각 없으니까 작업 들어가세요."

"이틀 전에 여기 화장실에서 사원 한 명이 죽었죠? 지금 중앙데스크에 앉아서 일용직 사원들을 윽박지르고 닦달하는 관리 사원들은 그 죽음에서 자유롭다고 생각하세요? 에어컨 빵빵하게 틀어 놓고 모니터 앞에 앉아서, 우리들에게, 선풍기 바람도 제대로 못 쐬고 땀에 쩐 일용직 사원들에게, 격려는커녕 하루에도 두세 번씩 불러대고 혼내면서 무한경쟁으로 내몰았죠? 일용직은 죽든 살든 하루 빡세게 부려먹다가 죽으면 나 몰라라 해도 되는 하찮은 존재인가요?"

마우스 오가 소리쳤다.

"작업하세요! 경고하겠는데 계속 그런 식이면 강퇴시키고 취업 제한 조치 내릴 겁니다."

종기는 중앙데스크를 벗어났다.

점심시간이 지난 시각이었다. 종기는 물류센터 앞 시내버스 정류장에 내렸다. 맞은편 공터에는 사람들이 북적거렸다. 공터로 갔다. 문화예술단체의 깃발이 펄럭였고 대여섯 명은 "구윤재의 죽음은 산업재해다!"라는 현수막을 움켜쥐고 있었다. 이른바 '구윤재 산재 인정 촉구를 위한 노동제'였다. 취재진이 몰려와 현장을 카메라에 담았다. 구윤재 엄마는 인터뷰를 했다. 구윤재 엄마가 인터뷰를 끝내고 종기와 눈이 마주치자 종기에게 다가왔고 종기를 껴안았다. 구윤재 엄마와의 만

남은 두 번째였다. 구윤재가 목숨을 잃은 지 나흘째 되는 날 종기는 구윤재 엄마를 만났다. 죽기 전에 구윤재와 나눴던 대화, 작업장에서 겪은 일, 구윤재가 숨을 거두었을 시간의 작업장 상황을 증언했다. 며칠 후 구윤재 엄마에게 전화가 왔다. 아들을 기리고 아들 죽음에 대한 산재 인정을 촉구하는 노동제에 참여해 달라고 했다. 그날이 오늘이었다.

사회자가 모두 발언을 한 뒤 취재진을 향해 소리쳤다. "물류센터 창밖으로 소리가 흘러나옵니다. 들리나요? 들어보세요…. '마감 건입니다. 좀 더 속도를 높여 주시고 지금 부른 사원은 중앙으로 오세요.' 들으셨죠?" 사회자는 구윤재 엄마에게 마이크를 넘겼다. 구윤재 엄마는 구윤재의 삶과 죽음을 이야기한 후 풀썩 주저앉았다. 고개를 늘어뜨리며 오열했다. 종기가 사회자에게 마이크를 넘겨받았다.

"…구윤재 사원은 이곳 물류센터에서 일했던 어느 일용직 노동자의 시를 내게 보였습니다. …구윤재 사원이 숨을 거둔 날은 오늘처럼 더웠습니다. 숨이 막힐 것 같았습니다. 중앙에서는 걸그룹의 음악을 내보내며 십 분이 멀다 하고 집품량을 늘리라고 재촉했습니다. 시간당 작업량이 저조하면 중앙에서 꾸짖었습니다. 그날 그 시각 중앙은 구윤재 사원을 끊임없이 부르며 데스크로 오라는 방송을 했습니다. 어느 순간 중앙은 더 이상 그를 부르지 않았습니다. 다시 사원들을 향해 '빠른 피킹!'만 외쳐대며 집품을 재촉했습니다. 구윤재 사원이 숨을 거두기 전날도 훗날도 중앙은 집품 속도만 높이라는…".

행위예술가는 퍼포먼스로, 국악인은 창으로 짓밟힌 노동자를 그렸다. 가수는 노동가요를 부르며, 시인은 시를 낭독하며 구윤재의 죽음이 헛되지 않기를 바랐다. 낭독이 끝나자 종기가 단상에 섰다. 휴대폰에서 시를 검색하고 낭독했다.

'짐승이 된 노동자여!, 기계에 예속된 일용직이여…!'

구윤재가 휴게실에서 종기에게 보여준 어느 일용직 노동자의 시였다. 종기는 이어서 어느 시인의 시를 낭독했다.

죽음아 죽음들아

홀로 죽어간 죽음들아

…

죽음을 살려내야 한다.

…

그래야 삶이 제대로 죽을 수 있다.

…

구윤재를 위한 노동제가 끝나갈 무렵 오후 조출조의 사원들을 태운 셔틀버스가 정문 앞에 속속 도착했다. 버스에서 내린 사원들은 집회 현장을 힐끗거리거나 물끄러미 바라보다 잰걸음으로 물류센터로 들어갔다. 마지막 셔틀버스에 탄 사원들이 내릴 무렵 노동제가 끝났다. 사회자가 마이크를 잡았다.

구윤재 사원의 죽음은 일용직 노동자와 비정규직 사원의 과로사입니다. 산업재햅니다. 여러분, 구호를 외쳐 주세요!

참석자들은 깃발을 높이 들었고 현수막을 움켜쥐었다. 종기는 물류센터를 응시하며 구호를 외쳤다.

일용직도 사원이다, 휴식시간 보장하라!

노동력 착취는 살인행위다, 근로환경 개선하고 산업재해 인정하라!

물류센터에서는 음악이 흘러나왔다.

'난 영원히 널 이 기억에서 만나 포에버 영, 우우— 포에버 위…'.

종기는 물류센터를 바라보다 죽음의 시를 가슴에 품고 시내버스 정류장으로 발걸음을 옮겼다.

마지막 동창회

✦

"우리 집에서 그날 꼭 동창회 해야 쓰겄는디."

남해안 섬마을에 사는 영미가 남주에게 동창회를 하자고 했다. 예정에 없던 번개 모임 형식이었다. 회장 겸 총무를 맡고 있는 영미는 이번 동창회 때 유하가 특별히 참석하는 만큼 남주는 하루 전날 와야 한다고 했다. 너니 나니 하면서 이름을 부르기도 거북할 만큼 아흔을 갓 넘긴 마당에 동창회라니. 동창회를 하지 않은 지도 십여 년이 흘렀고, 어쩌면 죽을 때까지 더 이상의 모임은 없을 것만 같았는데, 영미 입에서 그날이어야 한다는 말이 느닷없이 흘러나온 까닭을 알 수 없었다. 노망이 들었는지, 아니면 임종이 임박했으니 한 번만 더 우정을 나누고 죽자는 심산인지. 어쨌든 남주는 그날 유하가 온다고 하니 참석하겠다고 했다.

인천에서 막내아들 차에 올라 남쪽으로 향했다. 동창회를 결성한 이후 회비만 내고 얼굴 한번 내민 적 없는 유하. 영미가 '마유하 참석, 이남주 불참'은 상상할 수 없고 이제는 '우리 셋'이라고 했다. 마흔 몇 중 살아남은 사람이 셋이므로 총원은 셋이겠지만 영미가 던진 '우리'는 특별한 셋을 말하는 것 같았다.

다섯 시간 넘게 남행한 차가 섬 일주도로를 따라 봉선리로 향했다. 마을을 관통했고 백운산 자락 봉선봉 아래쪽 파란 도단을 인 외딴집 근처에서 멈췄다. 길섶에 차를 대고 차에서 내린 남주는 지팡이를 짚고 외딴집을 바라보다 봉선봉으로 고개를 돌렸다. 혼잣말을 했다. "보리장나무숲." 그러면서 그 숲으로 가자고 했다. 숲으로 간 남주는 숲속 바위에 앉았다. 바위 쪽으로 가지가 뻗어 나왔다. 붉은 열매가 흐드러진 가지였다. 열매를 따서 막내에게 먹이고 자신의 입으로 가져갔다. 열매를 삼킨 남주가 입을 열었다. 볼레라고 한단다. 어릴 때 여기 앉아서 유하랑 볼레를 따 먹었지." 고개를 들어 먼 바다를 보며 중얼댔다. "나는 저 바다를 건넜어. 유하도 바다를…." 남주의 시선이 보리장나무 옆 바위틈을 향했다. 막내에게 바위틈의 넓적한 돌멩이를 걷어내라고 했다. 걷어내자 흙을 뒤집어 쓴 비닐봉지가 나왔다. 봉지를 집어들었다. 흙먼지가 날렸다. 남주는 봉지에서 비닐로 싼 내용물을 꺼냈다. 편지봉투였다. 이름이 적혀 있었다.

1943년 여름, 남주가.

1946년 고향에서 남주.

1948년 인천 답동 최가혁씨 방 이남주.

1954년 봄, 인천시 신포동 김정규씨 방 이남주.

비닐봉지에서 물건 하나를 또 꺼냈다. 볼레 모양의 머리핀이었다. 봉지 속의 물건은 그것이 전부였다. 남주는 편지봉투와 머리핀을 비닐봉지에 넣고 막내 손에 쥐여주었다. 볼레도 땄다.

보리장나무숲을 벗어났다. 파란 도단 집으로 갔다. 영미네 집이었다. 집에 들어서자 문설주에 등을 기대고 있던 영미가 마당에 나와 남주 손을 덥석 잡았다.

"오매, 왔능가? 허허 왔네… 유하여어 왔다. 이남주… 인자 어째야 쓰까, 허허."

영미의 눈에 눈물이 고였다. 남주가 막내를 소개했다. 인사를 나눈 영미는 막내가 들고 있는 비닐봉지를 한참 동안 바라보았다.

"보리장나무숲에 댕개 왔능가?"

남주가 입을 벌리며 토끼 눈을 떴다.

"그걸 어떻게…."

"편지, 볼레머리핀?"

남주가 아연한 표정을 지었다. 영미는 막내에게 다가갔다. 비닐봉지에 손을 집어넣고 볼레머리핀을 만지작거린 후 '1954년 봄' 편지봉투를 꺼내 후후 불었다. 봉투 안에서 반으로 접힌 종이 한 장을 꺼내 펼쳤다. 몇 글자가 적혀 있었다.

'2011년 마유하'.

유하가 쓴 글이라고 했다. 멍한 눈으로 영미를 보았다. 영미 눈에 고인 눈물이 떨어졌다. 영미 눈에는 유하가 있을 것 같았다. 당시 유하의 근황이나 행방을 아는 눈이었다. 짐작건대 영미가 번개 모임을 추진하면서 말했던 '우리 셋'은 자연수 셋을 말하는 것 같지 않아 보였다. 그해 2011년은 동창회를 한 지 이삼 년이 흐른 해였고, 남주 아내가 지병으로 세상을 뜬 지 반년이 지날 무렵이기도 했다.

영미는 남주와 막내를 마루에 앉히고 방과 부엌, 광을 오가며 아들과 며느리에게 배와 사과를 챙기라고 했고, 장독대 주변에서 모이를 쪼는 암탉을 가리키며 저놈을 예쁘게 잡아라, 알밤을 까라는 둥 예전에 영미네 집에서 치렀던 동창회 때와는 사뭇 다른 분위기였다. 남주가 숲에서 딴 볼레를 내밀자 내일 유하가 오면 함께 먹자며 부엌으로 가져갔다.

저녁 식사가 끝나고 달빛이 내리자 영미 아들이 마당에 멍석을 깔았다. 상을 펴고 막걸리가 든 주전자와 술잔을 상에 놨다. 며느리는 안주를 올렸다. 상을 둘러싸고 영미 아들과 며느리까지 자리를 잡고 앉았다. 막걸리를 마셨다. 잔을 비우고 마른멸치를 입에 넣은 남주가 영미에게 술을 권하며 그간 유하에 대한 안부를 물었다. 영미는 사방을 두리번거렸다. 하늘을 쳐다보다 바다를 향했고 보리장나무숲 쪽으로 고개를 돌리는가 싶더니 몸을 벌떡 일으키며 사립을 향해 걸었다. 몇 발짝 내딛던 영미는 걸음을 옮길 때마다 말했다.

"별동별 떨어졌당가? 혼불인가? 하늘님아, 나는 아즉 죽을 준비가 안 됐응께. 그냥 조깐 구름 속에서 지달리고 계시씨오…. 밤바다에 무신 뱃소리당가? 유하가 온다냐? 유하는 낼 올 건디. 참말로 요상타…. 워매, 보리장나무숲에서 무신 소리가 들린디. 뭐시당가? 유하당가? 누구당가?"

영미는 몇 걸음 더 걸으며 보리장나무숲 쪽을 한참 동안 바라보다 자리로 왔다.

"유하는 낼 온다고 했응께 낼 오겄지. 암, 피잉 오면 안 되제. 준비도 해야됭께."

남주와 막내는 눈을 크게 뜨고 영미를 바라보았다. 영미 아들의 시선은 상에 머물렀고, 며느리의 눈은 바닥을 향했다. 영미가 막걸리를 한 모금 들이켰다.

"아까 뭣을 물었당가? 어, 맞어. 유하가 궁금하다고 했제. 십 년 전쯤 이맘때 우리 집 왔는디. 처녀 때 보고 첨 봤어…. 고향이라고 왔는디 이녁이 살던 대산 밑에는 얼씬도 안 하고, 친척 집에도 안 가고, 우리 집서 묵고 자고 이틀 동안 달 떨어지도록 야그하고, 나랑 보리장나무숲에 가서 볼레도 따고 그랬제. 쩌어 먼 나라로 가기 전에 우리도 모르는 집안 이약, 동네 사람들 이약, 남주 자네 야그도 하고 그랬는디."

영미는 가슴을 두드렸다.

"그랑께 뭐시당가. 그 십년 전 야그보다 유하 처녀 때 야그부터 할랑께… 그랑께 유하가 고향 떠나기 한 이틀 전이었으꺼이머. 그때 우리 집에 왔제. 그냥 온 거이 아니고 도망 왔어. 낯바닥이 영 말이 아니등마. 자네도 그때를 알겄지만…."

영미는 볼을 두드리며 유하가 처녀 시절 고향을 처음 떠나기 전에 있었던 일을 더듬었다.

1943년 늦봄이었다. 땅거미가 지고 봉선마을의 외딴집 영미네 집에도 어둠이 내려앉기 시작했다. 밥을 짓느라 아궁이에 장작을 넣고 있던 영미는 소스라치게 놀랐다. 부엌문에 기댄 채 얼굴만 내민 정체 모를 여인과 눈이 마주쳤기 때문이다. 영미는 불붙은 장작개비 하나를 손에 들고 여인을 향해 휘휘 내저었다. 여인이 모습을 드러냈다. 유하였다. 유하는 몸을 떨며 부엌으로 들어오더니 땔감을 헤집고 몸을 숨겼다. 유하는 땔감 속에서 입술에 검지를 가져다 댔다. 입을 열지 말라는 신호였다. 들킨 날에는 구장이나 주재소 순사 또는 누군가에게 끌려갈지도 모른다고 말하면서 종일 밥숟가락도 구경 못 했다며 먹을 것부터 달라고 했다. 영미는 생고구마를 아궁이에 던진 후, 구워진 고구마를 유하에게 건넸다. 물김치도 밀어넣었다. 영미도 유하가 수배자라는 걸 알고 있었다.

어제 느지막한 오후에 구장과 대검을 허리에 찬 순사가 영미네 집에 들이닥쳤다. 그들은 안방 작은방 창고 광 부엌 외양간 돼지우리 변소까지 수색하는가 하면 장롱과 항아리 뚜껑을 여닫기도 했다. 순사는 짚단과 땔감을 헤집고 칼로 쑤셔대다 돌아갔다.

별이 반짝이고 달이 밝아 저마다 잠자리에 들고 풀벌레 소리만 요란 떨 때까지 땔감 더미에서 웅크리고 있던 유하는 부엌 밖으로 나왔다. 영미와 함께 다락방으로 올라갔다. 한 이불을 덮고 누웠다.

유하는 이불 속에서 사건의 전말과 집안 사정을 영미에게 털어놨다.

유하가 보리밭에서 김을 매고 있을 때였다. 유하 엄마가 바구니를 옆구리에 끼고 잰걸음으로 다가왔다. 갯것을 채취하러 나가신 걸 봤는데 돌연 밭으로 오다니. 엄마는 유하가 들고 있던 호미를 빼앗으며 당장 집에 가라고 했다. 일호 아빠가 집에 와 있는데 유하를 찾는다고. 일호는 초등학교 동창이고 그 아빠는 면 서기로 동네 일도 보는 구장 어른이었다. 아빠는 가끔 일호와는 친하게 지내고 그 아빠에게도 잘 보여야 한다고 말하곤 했다. 남에게 잘 보여서 나쁠 건 없겠지만 그 집 식구들에게는 특히 잘하라고. 밉보이면 배급을 받지 못해 굶기라도 한다는 뜻인지, 아니면 사돈을 맺고 싶은 바람인지. 사돈 맺기는 아예 접어야 할 것 같았다. 집안 형편도 비교할 수준이 되지 못했지만 일호는 넘사벽이나 다름없었다. 일호는 뭍으로 고등학교를 진학했고 유하는 초등학교 졸업 후 집안일을 거들었다. 그것만으로도 상대가 될 수 없었다. 일호가 방학 때면 고향에 내려와 책을 말아 쥐고 동창들 앞에서 영어를 재잘거리거나 김억의 시(詩) 「봄은 간다」가 어떻고 김소월의 시를 읊으며 '이별의 정한'을 말하거나 신문에 연재된 염상섭의 소설 「삼대」를 들려주면서 호평하기도 했다. 유하는 그런 그에게 다가갈 수 없다는 걸 일찌감치 깨달았다. 유하가 짐작한 아빠의 바람은 강자에게 머리 조아리기였다.

유하는 집으로 향했다. 구장 어른이 이번에는 무슨 일을 시키려는 걸까. 남새밭 김매기? 집 안 청소? 빨래? 관정에서 물 떠오라고? 뭘까. 유하는 의문을 던지고 밟으며 집으로 갔다. 아빠와 구장, 깍두기 머리의 낯선 남자가 마루에 걸터앉아 있었다. 유하가 다가가자 구장은 하얗게 웃었다. 유하는 마루 기둥에 등을 지고 섰다. 구장이 유하를 보자고 한 이유를 설명했다. 일본 가면 좋은 직장을 잡을 수 있다면서, 적성에 따라 한두 달만 교육 받으면 직장에 배치된다고 했다. 직장 다니면 실컷 먹을 수 있고 좋은 옷도 걸칠 수 있고 집에 송금도 할 수 있다고. 그렇게 되면 부모가 식량 공출 걱정 안 해도 되고 부자로 살 수 있다고 말했다. 유하는 아빠를 바라보았다. 눈을 애써 피한 아빠는 보내야겠다는 표정이 역력했다. 하긴 그럴 수밖에. 가진 거라고는 밭뙈기 뒤 마지기에 남새밭과 자그마한 천수답 논배미 셋이 전부였으므로.

농지에서 조, 옥수수, 고구마, 보리와 쌀을 수확했지만 할당된 식량 공출을 어렵사리 해결하는 데 지나지 않았다. 작년에는 공출도 제대로 해내지 못할 만큼 흉작이었다. 올 농사도 막연한 기대뿐인 것 같았다. 아빠는 내내 유하 눈을 피했고 입을 떼지 않았다. 구장은 일본행에 대한 부모의 동의 절차가 끝났다고 말했다. 유하는 고개를 늘어뜨렸다. 구장은 유하가 사흘 후에 떠나는 걸로 상부에 보고하겠다고 말하며 일행과 함께 자리를 떴다. 유하가 일본보다 뭍으로 보내달라고 말했지만 아빠는 머리를 가로저으며 구장과 오간 이야기를 꺼냈다. 집에 불쑥 와서 유하를 징용하겠다고 구장이 말했을 때 아빠는 거절했다고 했다. 그러자 구장은 식량 공출을 제대로 못하면 사람을 공출하거나 전답을 몰수해야 한다고 눈을 부라리며, 전쟁통에 구인난을 겪는 일본으로 딸을 보내는 것이 현명한 처사라고 응수했다. 공출은 천황폐하의 지엄한 명령이고 이를 어기면 벌을 받게 된다고 말했다. 그마저도 거역한다면 배급이 끊기는 건 물론이고 탄광에 끌려가거나 감옥행이라고 협박하며 명령을 받들라고 했다는 말을 유하에게 들려주었다.

영미가 남주에게 고개를 돌렸다.

"그날 유하가 자네를 만났다고 하던디. 시방 말 좀 해볼랑가?"

남주가 헛기침을 하며 입을 열었다.

"그날 일호 애비라는 사람, 그 구장이 우리 집에도 왔었네.

좋은 소식을 들고 왔다는 거야. 일본 아래쪽에 섬이 있는데 그 섬에 가족과 함께 이사 가면 잘 살 수 있다고. 그 섬은 한마디로 지상천국이라면서 멋진 양옥집 사진을 우리한테 보여준 거야. 그런 집에서 살게 된다고, 이런 조건은 흔치 않다고. 눌러 살아도 되고, 아니면 돈 벌어서 고향에 전답도 사고 농사지으면 거뜬히 공출할 수 있다고. 이걸 놓치면 이 동네서 사는 것도 힘들 거라고 말하면서 가라고 난리야. 그렇게 말하니 아버지도 이렇다 저렇다 말도 못 하고. 집안은 뒤숭숭하고 나도 심란한데 그날 밤 유하가 골목에서 나를 찾더라고. 지나가는 꼬마를 시켜서. 나갔지. 봤더니 막 떨어. 일본에 가야할지도 모른다고 몸도 떨고 목소리도 떠는 거야. 그러면서 그냥 안 가고 숨어버리겠대. 동이 트면 단둘이 만났던 장소로 갈지도 모르니 일러바치지 말래. 다음 날 아침이었는데 유하 부친이 우리 집에 와서는 우리 유하가 행방불명인데 못 봤느냐고 물으셔서 못 봤다고 했지. 그길로 유하 부친이 논밭으로 갯바탕으로 찾아다니다 할 수 없이 구장한테 말한 거야. 그랬더니 구장이 봉선리 마이크라는 성태 아저씨를 급히 찾더래. 목소리가 쩌렁쩌렁해서 윗소리를 잘하니까 외장 좀 쳐달라고. 그 아저씨가 동네방네 돌아다니면서 외장을 쳤지. 담장에 서서 손으로 나팔 모양을 만들어 가지고 '동네 사람드을, 구장 어른이 대산 밑에 사는 유하를 찾어요! 유하를 본 사람은 구장 어른한테 빨리 연락 좀 주씨요이!' 하면서 꽥꽥 질러 대더라고. 내가 나무하러 간다고 핑계를 대고 바지게를 지고 봉선봉 보리장나무숲으로 갔지. 볼레를 따다 둘만 있었던 적도 있고 해서. 그 숲에 갔는데 유하가 바위 밑에 쪼그리고 있더라고. 내가 눈치 슬슬 보면서 옆에 앉아서 바다 쪽을 보고 있는데 유하가 머리에 꽂은 머리핀을 나한테 빼주는 거야. 볼레 같이 생겼는데, 그 핀을 가지고 있으래. 잃어버리지 말고 잊지도 말라고. 결혼했으면 안 끌려갔을 텐데 이미 늦었다고 하면서 한숨도 내쉬고. 내가 말했지. 우리도 일본 너머 남쪽 섬으로 이사 갈지 모른다고. 함께 가자고 했는데 말을 못 해. 내가 그랬지. 안부 전하고 싶으면 여기에 표시해 두자고. 그랬더니 유하가 바위틈에서 돌멩이 하나를 까뒤집고 여기다 끼워 놓자고 그러네. 보리장나무숲 우체통이야. 나도 그러자고 했지. 좀 있었더니 해가 떨어지네. 어두워지고. 숲에서 내려왔지. 유하는 자네 집으로 보내고…."

영미가 엉덩이를 들썩이다 일어서며 돌담으로 발걸음을 옮겼다. 앞바다를 바라보다 돌담에 등을 기대고 보리장나무숲을 또 올려다보며 낮은 소리를 냈다.

"무신 소리가 들린디. 유하 목소린가? 오늘도 올랑가? 참말로 요상타."

도리질을 했다. 그러다 자리에 앉았다. 잔에 담긴 막걸리를 손가락으로 휘휘 저으며 입에 한 모금 넣었다.

"그랑께 유하가 우리 집에서 하룻밤 눈 붙이고 아침 댓바람부터 보리장나무숲으로 또 갔는디. 누가 꼴망태 메고 가다가 유하가 거그 가는 걸 봤다고 구장한테 꼰질러가지고 잽했제. 그 길로 쩌어 먼 나라로 끌려갔다고 하등마. 그랬다는디 남주 자네가 그때 좀…."

영미가 무슨 말을 더 하려다가 막내 눈치를 살피며 혀만 끌끌 찼다. 남주는 '남주 자네가 그때 좀'을 곱씹었다. 막내를 돌아보았다. 막내가 눈웃음을 쳤다. 막내는 자신의 존재와 부재를 떠나 부친이 어떠한 이력과 행적에 대한 썰을 풀어도 이해하겠다는 표정이었다. 남주는 고개를 끄덕이고 헛기침을 하며 목을 가다듬었다.

"유하가 고향을 떠나고 한 달쯤 됐을까. 영미 자네도 알겠지만 그때 우리 집이 이사를 했지. 몇 년 바짝 벌어서 돌아온다는 생각으로 몸만 빠져나갔어. 집이랑 농토를 두고. 저 멀리."

남주는 바다 쪽으로 팔을 뻗었다.

"일 년 내내 따뜻하고, 먹을 것도 많고, 일한 만큼 품삯도 받고, 도둑도 없다고 구장이 말한 지상천국이라는 섬, 섬."

그 섬을 향해 떠났다. 부산에서 연기가 풀풀 나는 부관연락선을 타고 시모노세키에 도착했다. 기차를 타고 요코하마로 갔다. 요코하마에서 배를 갈아탔다. 남태평양 천국의 섬으로 가는 배였다. 갑판에서 해가 뜨고 지는 광경을 열네 번 보았다. 열다섯 번째 해가 떴을 때 배가 남태평양 남양군도(南洋群島) 폰페이 부두에 뱃머리를 댔다. 구장이 말했던 천국의 섬은 그곳이었다. 여름이었다. 아니 그 섬은 일 년 내내 여름이었다. 남주는 사탕수수 농장에서 일했다. 일본 척식회사 남양흥발 소속 농장이라고 했다. 새벽부터 해질녘까지 사탕수수를 벴다. 밤이면 원두막에서 새우잠을 잤다. 일 년쯤 됐을까. 설탕 공장으로 갔다. 삽질을 했고 사탕수수 포대와 설탕 포대를 나르기도 했다. 쑤시고 아팠다. 월급으로 약을 샀다. 식량을 샀다. 생활용품은 겨우 구했다. 일 년이 또 지나갔다. 연합군이 섬에 들이닥칠 거라며 천황폐하를 위해 위대한 전사가 되라고 했다. 군부대로 갔다. 방공호를 팠다. 기름통도 날랐다. 배가 고팠다. 육지에서 식량을 실은 배가 격침되는 바람에 먹을 것이 없다고 했다. 섬에 갇히고 말았다. 연합군이 쳐들어왔다. 가족과 함께 열흘 넘게 해변 굴에서 살다가 잡히고 말았다. 포로가 되었고 1946년 봄 고향에 왔다.

집 마당은 쑥대밭이었고 방문은 문살만 앙상했다. 집 안은 거미줄이 촘촘했고 흙먼지가 가득했다. 남주는 부엌에서 녹슨 칼을 꺼내 숫돌에 대고 문질렀다. 칼날이 번뜩였다. 토착 왜구를 제거하는 데 손색이 없을 것 같았다. 칼을 들고 사립을 빠져나갔다. 구장 집으로 갔다. 방문을 여닫았다. 집 안을 샅샅이 뒤졌다. 아무도 없었다. 그 집을 빠져나온 남주는 칼을 집에 두고 유하네 집으로 갔다. 유하 모친에게 구장의 행방과 유하의 안부를 물었다. 구장은 해방이 되자 야반도주했고, 유하는 몇 달 전에 뭍으로 갔다고만 말했다. 어디로 갔는지는 알 수 없다고. 유하의 행적에 대한 물음에는 입을 닫았다. 남주는 그해 고향을 떠나 인천으로 갔다. 돈 벌러 갔다. 고향 떠날 때도 왔을 때도 유하에게 편지를 써 보리장나무숲 우체통에 넣었다. 우체통에 들어간 마지막 편지는 결혼을 앞두고 쓴 편지였다. 편지와 함께 볼레머리핀도 우체통에 넣었다.

남주가 말을 멈추자 영미가 며느리에게 부엌에 둔 볼레와 소쿠리를 가져오라고 했다. 며느리가 볼레를 담은 바가지와 소쿠리를 가져왔다. 영미는 소쿠리를 상 위에 놓았고 바가지는 남주 옆에 놓았다. "다듬게!" 남주에게 하는 소리였다. 막내가 거들려고 바가지에 손을 넣자 영미가 손사래를 쳤다. 남주 빼고 누구도 만지면 안 된다고 주의를 주며 토실토실한 것만 골라서 소쿠리에 담으라고 했다. 영미는 또 중얼댔다.

"차 소리 들린디, 발 소리 들린디… 차로 올랑가. 달빛도 훤언한디 걸어올랑가, 바람 부는디 날어서 오까… 물소리 들린디 배를 탔는가. 비단옷 입었으까. 보리장나무숲에 올랑가?"

어둠 속을 가르는 빛과 소리에 귀를 기울이던 영미는 유하의 다음 이야기를 꺼냈다.

"유하가 일호 즈그 아부지한테 잽해 갖고 유하네 집에 왔던 그 깍두기 머이매를 졸졸 따러서 선착장으로 갔는디 서성리니 뭐니 옆짝 동네에서 온 가이내까지 대여섯 모였더래. 그래 갖고 그 가이내들이랑 일본 갈라고 같이 부산으로 갔대. 갔는디 이짝저짝에서 모인 가이내들하고 깍두기 하고 깍두기 같은 깍두기 몇 놈하고 합칭께 한 서른 남은 되더래. 그 사람들이랑 그 뭐시냐 연기가 폴폴 나는 증기선인지 뭔지 그런 배를 함께 탔는디…."

유하가 탄 배가 시모노세키에 도착했다. 배에서 내렸다. 여자들은 깍두기와 깍두기 같은 깍두기들을 따라갔다. 해변 길로 2킬로미터를 넘게 걸었을 때 부두가 보였다. 회색빛을 띤 배 한 척이 정박해 있었다. 깍두기들을 따라 그 배에 올랐다. 군인들이 타고 있었다. 어깨에 총을 멘 군인들이 다가왔다.

군인들이 입을 열었고 깍두기와 깍두기 같은 깍두기들은 귀를 기울였다. 깍두기가 갑판에 난 계단을 따라 배 밑창까지 내려갔다. 깍두기 같은 깍두기들은 깍두기가 내려간 밑창까지 여자들을 내려보냈다. 그곳은 화물칸이었다. 깍두기는 화물칸 문을 열고 여자들을 들여보냈다. 깍두기는 화물칸에 대고 또 어디론가 갈 거라고 말했다. 행선지는 말하지 않았다. 배가 닻을 올리고 먼바다로 향했다. 화물칸의 창은 닫혀 있었다. 화물칸에서 철제 계단을 대여섯 오르면 화장실이었고 몇 계단 더 오르면 병사들의 선실이었다. 깍두기 같은 깍두기들은 선실 옆 좁은 공간에 앉아 여자들을 감시했다. 깍두기도 교대로 감시했다.

배가 열흘 넘게 망망대해의 물살을 가르며 어디론가 나아갔다. 여자들이 문밖으로 나오거나 화장실 갈 때도 깍두기들은 눈을 크게 뜨고 움직임을 주시했다. 여자들에게는 화물칸에서 화장실까지 난 여섯 계단만 밟고 오르는 것만 허용되었다. 짐칸에 갇힌 유하는 며칠째 욕지기가 났다. 어지러웠다. 구토를 했다. 눕다가 일어났다. 파도에 부딪치는 배 밑창 소리를 듣고 매캐한 가스 냄새와 퀴퀴한 냄새를 맡으며 쓰러지다 눈을 감았다. 눈을 뜨고 거울을 보았다. 얼굴은 핏기가 사라졌고 머리카락은 뒤엉켰다. 울었다. 섬에서 배를 함께 탔던 서성리 출신 옥순 언니가 다가와 유하를 부둥켜안았다. 함께 울었다. 유하는 몸을 가누지 못하고 쓰러졌다. 옥순 언니가 화물칸을 뛰쳐나갔다. 계단 밟는 소리가 났다. 여섯 계단을 넘어 여덟째 계단을 밟는 것 같았다. 두 계단 물러서라는 깍두기들의 목소리가 들렸고 계단 밟은 소리가 두 번 울렸다.

이윽고 "아저씨, 한 사람이 또 쓰러졌어요. 화물칸에 내려와 보세요. 갑판에서 바람이라도 쐬게 해주세요." 옥순 언니 말소리가 났고 내려가라는 깍두기들의 목소리가 들렸다. 텅! 텅! 텅! 계단 밟는 소리가 점점 크게 울렸다. 옥순 언니가 내딛는 발걸음이었다. 유하 입에서 거친 숨소리와 신음 소리가 삐져나왔다. 그동안 깍두기와 깍두기 같은 깍두기들에게 비어 있는 객실을 보았다며 여러 차례 화물칸에서 옮겨줄 것을 요구했지만 그들은 윗선에 보고했다고 대답만 했다. 그러더니 그들도 지친 탓인지 선실로 옮길 수 없는 이유를 말해주었다. 황군의 객실에는 여자를 태울 수 없다는 불문율이 있다고 했다. 여자들은 화물칸을 벗어날 수 없고 갑판에 올라 바람을 쐬는 행위는 더더욱 허락할 수 없다고 전했다. 여자들은 짐짝이었고 필요에 따라 사용할 물건이었으며 군수품에 지나지 않아 보였다. 행선지를 물었지만 대답한 자가 아무도 없었다. 단지 스물일곱 밤이 지나면 내려서 땅을 밟을 수 있다는 말만 반복했다. 배가 검은 연기를 밀어내고 한바다의 물살을 가르며 스물일곱 밤의 육지를 향한 바닷길로 하염없이 떠갔다.

"유하가 그랬당께."

이야기의 어느 대목이 끝났는지 영미는 남주가 다듬은 볼레를 가리키며 말했다.

"이놈 꼬랑지 달랬네, 요곤 이파리 달랬네. 저놈은 물렀고… 유하가 맛있게 먹게 해야제."

그러고는 남주의 표정을 살폈다.

"인자 어째야 쓰까, 남주 자네 그때 유하가 뭔 나라로 가서 뭣을 했는지 아는가? 몰러? 허허 참, 제대로 모르고 지껄인 소문만 동네방네 돌았제, 속사정은 참말로 머느리도 몰러. 이날입때까장 아무한테도 말 안 했는디. 이녁이 인자 낼 온다고 했웅께 말해도 되겄네. 이녁이 우리 집에 오기 전까장 비밀에 부치고. 이녁이 온다고 기별한 날부터 그 양반이 그때까장 살었으먼 그 양반한테는 꼭 말해주라고 하던디. 이녁 입으로는 야그 못 하겠다고…. 유하가 말한 그 양반은 누구겄는가? 시방 여그 앉어 있는 사람이네."

남주는 좌중으로 고개를 돌렸다. 뭇 시선이 자신을 향하고 있었다. 영미가 입을 열고 유하가 겪은 일들을 또 쏟아냈다.

유하가 탄 수송선이 대만 카오숑에 도착했다. 여자들은 내리지 못했다. 다시 배가 출발했다. 홍콩이었다. 여자들은 또 내리지 못했다. 사이공을 지난 후였다. 깍두기들과 군인들이 외쳤다. "싱가포르 센토사! 쇼난(昭南) 센토사!" 선착장에 뱃머리를 댔다. 깍두기가 화물칸 문을 열었다. 내리라고 했다. 유하는 스무여드레 만에 짐칸에서 빠져나왔고 갑판에 올랐다. 배에서 내린 유하는 옥순 언니 뒤에 바싹 붙어 깍두기들을 따라 걸었다. 항구에 작은 마을이 있었고 마을 어귀에 군용 트럭이 대기했다. 트럭에 올랐다. 트럭이 마을 길과 농로를 내달리다 산길로 접어들었다. 산속에 위장망을 두른 포진지가 즐비했다. 대포는 바다를 향했다. 더 안쪽으로 들어가자 건물이 있었다. 군 막사였다. 트럭이 막사 앞에서 멈췄다. 트럭에서 내렸다. 막사 입구에는 현수막이 펄럭였다. '娘子軍入隊 歡迎(낭자군 입대 환영)' 여자들을 환영한다는 현수막이었다. 현수막 밑에서 군 간부가 일장 연설을 했다. "천황폐하의 군인들을 위안하는 위대한 낭자군 여러분…". 연설을 끝내자 연설자 옆에 서 있던 병사가 여자들을 막사 안으로 인솔했다. 병사가 내무반의 문을 열었다. 빈 내무반이었다. 이곳에서 개인 정비를 하고 다음 날 아침까지 편히 쉬라고 했다.

다음 날 아침 아침밥을 먹고 나자 전날 인솔한 병사가 막사 밖으로 모이라고 했다. 깍두기와 깍두기 같은 깍두기들은 보이지 않았다. 병사는 오와 열을 맞춰 따라오라고 했다. 유하는 옥순 언니와 함께 걸었다. 막사를 벗어나자 담장과 철조망을 두른 건물 한 동이 눈에 보였다. 입구는 철문이 달려 있었다. 열린 철문 안으로 들어갔다. 사방에서 총을 든 병사들이 웃음을 흘리는가 하면 입을 삐쭉거렸다. 창고일까, 수용소일까, 돼지우리 같기도 했다. 가마니로 칸막이를 했고 입구는 문이 없었다. 칸마다 번호가 붙어 있었다. 안이 들여다보였다. 맨바닥에 맷방석이 깔려 있었고 방석에는 담요가 놓여 있었다. 인솔한 병사는 칸칸마다 여자들을 세웠다. 옥순 언니가 6번 칸에 섰고 유하는 7번이었다. 병사는 해당 번호가 숙소라고 했다. 숙소를 이탈할 때는 허락을 받아야 한다고 말하며 서 있는 칸으로 들어가라고 명령했다. 유하는 7번 칸으로 들어갔다.

이야기를 이어가던 영미가 가슴을 거푸 치며 물을 달라고 했다. 며느리가 컵에 물을 떠오자 벌컥벌컥 들이켰다. 컵을 내려놓고 한숨을 길게 내쉰 영미는 눈을 감았다 뜨기를 반복하다 하던 이야기를 이어갔다.

"인자 진짜 어째야 쓰까… 들어 갔는디, 유하가. 7번 칸에서 하룻밤 잤는디 해가 중천에 떴어. 그란디, 군복을 입은 일본군이….”

허리에 대검까지 찬 군인이 7번 칸 앞에 서 있었다. 유하는 고개를 내밀고 밖을 보았다. 옥순 언니가 있는 6번 칸에도 같은 차림의 군인이 있었다. 칸마다 있었다. 약속한 신호 때문이었을까. 입구에 서있던 군인들은 일제히 여자들이 머문 칸으로 들어갔다. 눈앞에 있던 군인도 유하를 밀치며 들어왔다. 대검을 뽑아 턱에 대거나 배에 대고 아랫도리에 대고 위협하며 속옷까지 벗겼다. 유하는 온몸을 파르르 떨었다. 살려달라고 빌었지만 옷을 벗고 배꼽을 맞췄다. 겁탈한 군인은 7번 칸을 빠져나갔다. 눈물이 났다. 모로 누워 엉엉 울었다. 칸마다 비명 소리가 났다. 울음이 그치지 않았다. 눈물을 흘리며 옷을 걸치려던 유하는 밖을 내다보며 소스라쳤다. 군복 입은 남자가 입구에 또 서 있었다. 그자도 7번 칸으로 들어왔다. 욕구를 풀고 떠났다. 또 하나가 왔고 지르고 나갔다. 군홧발 끄는 소리가 연이어 났다.

군화는 해질녘에야 사라졌다. 어둠이 내리자 저편 천장에서 불빛이 희미하게 내려왔다. 유하는 코를 훌쩍거리며 몸을 뒤척였다. 옥순 언니가 칸막이를 제치며 유하를 보았다. 한동안 말없이 보았다. 오늘은 그만 울자고 했다. 그러면서 울음을 터뜨렸다. 더 울고 그쳤다. 옥순 언니가 무슨 말을 하려는지 가늘게 떨며 유하를 불렀다. 유하와 눈이 마주치자 여길 당장 벗어날 수는 없을 것 같다고 말했다. 그러면서 죽지 말고 살아남기만을 바라자고, 수중에 돈이라도 쥐면 기회를 엿봐서 탈출하자고.

기회를 엿보다 일 년이 흘렀다. 살아남기만 했다. 월급은 고스란히 가족에게 송금했다고 말한 탓에 돈을 손에 쥘 수 없었다. 그들이 지칭한 낭자군은 그들의 기호품이었고 성 노리개일 뿐이었다. 옥순 언니는 임신을 했다. 아버지가 누군지도 모르는 아이가 배 속에서 풍선처럼 부풀어 올랐다. 그들은 위대한 낭자군의 지원으로 군병들의 사기가 출중한 탓에 낭자군들의 복지에도 신경 썼다고 말했지만 아니었다. 헌 옷가지 걸치고, 아랫도리를 훌렁 벗고 진찰대에 앉아 가랑이를 벌린 채 성병 검사를 받았거나 피임약을 먹었거나 앓는 소리를 내며 진통제에 의존하며 이어온 기억밖에 없었다. 군복을 입은 적도, 총을 든 적도, 군사교육을 받은 적도 없이 오직 일본군의 씨받이였던 낭자군. 울음만 나왔다. 탈출보다 몸이 망가져서 버려지는 쪽이 이곳을 벗어날 수 있는 유일한 길이거나 그 길만이 지름길일 것 같았다.

날이 갈수록 비행기가 뜨고 내리기를 반복했다. 표적은 알 수 없었지만 대포 소리가 간간이 울렸다. 경계를 서던 병사들이 어디론가 내달리거나 집합과 해산을 반복하며 분주히 오갔다. 연합군이 이곳까지 쳐들어온 걸까. 부푼 배를 만지작거린 옥순 언니는 유하에게 살아남기만을 바라자고 말했다. 예의주시하며 속삭이기도 했다. 일본군이 이기면 좋을까. 연합군이 이기면 좋을까. 연합군이 이기면 즉사하거나 포로로 잡혀 죽을지도 모르고, 일본군이 이기면 또 이렇게 살아갈지도 모른다고, 이런 삶은 죽은 거나 다름없다고. 어느 쪽이 이기든 지든 이곳을 벗어나야 한다고.

병사들이 철문을 활짝 열고 숨을 헐떡거리며 숙소로 왔다. 그들은 해진 위장복 야상을 여자들에게 던졌다. 야상을 두르고 산 너머에 오래전 해적들이 땅굴을 파고 은거했던 '블라캉마티'로 탈출하라고 했다. 산속으로 들어갔다. 유하는 행렬의 꽁무니에서 배가 부풀어 오른 옥순 언니를 부축하고 비탈진 산길을 걸었다. 등 뒤에서 총을 든 병사가 유하를 불렀다. 뒤를 돌아보았다. 병사 뒤에는 몸을 늘어뜨리며 다리를 절뚝거리는 여자가 거친 숨을 몰아쉬었다. 11번 칸 여자였다. 병사는 옥순 언니를 두고 행렬에 합류하라고 지시했다. 병사는 옥순 언니를 그 여자와 함께 아래로 내려보냈다. 유하가 블라캉마티를 향해 발걸음을 옮기자 병사는 유하에게 절대 뒤를 돌아보지 말고 앞만 보고 걸으라고 했다. 몇 걸음 옮겼을까. 등 뒤에서 총소리가 울렸다. 또 울렸다. 총소리에 놀란 유하는 걸음을 멈추고 주저앉았다.

몸을 웅크리고 떨면서 뒤를 보았다. 아무도 없었다. 엎드린 채 미끄러지듯 지나온 길로 기었다. 군홧발이 길을 막았다. 유하 머리에 총부리를 겨눴다. 고개를 들고 위를 보았다. 좀 전에 보았던 병사였다. 눈이 마주치자 손을 내저으며 '블라캉 마티'라는 말만 반복했다. 유하는 더 이상 뒤를 돌아볼 수 없었다. 블라캉 마티로 갔다. 사방에서 대포 소리, 총소리, 비행기 소리, 폭탄 소리가 났다. 유하는 여자들과 함께 토굴 속에 숨었다. 며칠째 밤낮없이 울려대던 소리가 이내 멈췄다. 고요했다. 토굴 밖으로 머리를 내밀고 두리번거렸다. 시신이 즐비했다. 일본군 시체였다. 저편 토굴에서 일본군보다 큰 군인들이 여자들을 빼내고 있었다. 연합군이 승리한 걸까. 토굴을 빠져나왔다. 다시 숙소로 내려갔다. 연합군의 시간이었다. 전쟁이 끝났다.

센토사를 떠나 고향에 왔지만 집안 형편은 그대로였다. 돈을 송금했다던 일본군의 말은 거짓이었다. 센토사의 낭자군에 대한 이야기를 부모에게만 알렸지만 소문은 마을마다 삽시간에 퍼지고 말았다. 옥순 언니 때문이었다. 옥순 언니의 아버지가 고갯길을 넘어 유하에게 왔다. 옥순 언니 아버지는 센토사로 함께 떠났던 인근 마을의 여자를 만나고 오는 길이라며 옥순 언니의 행방을 물었다. 유하는 아는 대로 말했다. 일본군에 잡혔고 총소리가 울렸다고, 그 후로 볼 수 없었다고. 삼삼오오 수군대는 소리가 났다. 화냥년, 화냥년…. 유하가 마을 길을 걸을 때마다 주민들은 눈총을 쏘아대거나 쑥덕거렸다. 그들의 눈은 유하의 얼굴과 가슴으로 향하다 아랫도리에 오랫동안 머무르기도 했다. 가슴을 펴고 더 이상 마을 길을 걸을 수 없었다. 남주에게 편지를 썼다. 편지를 들고 보리장나무숲으로 갔다. 돌멩이를 들어올렸다. 물건이 담긴 비닐봉투가 있었다. 봉투를 열었다. 편지였다.

'1943년 여름, 남주가'.

남주가 천국의 섬으로 떠나면서 쓴 편지였다. '다시 언능 만나자, 연락처 꼭 남겨'라고 끝맺은 편지는 유하를 향한 마음이 절절했다. 남주의 편지를 봉투에 다시 넣고 돌멩이를 얹었다. 보리장나무 숲을 나왔다. 남주에게 쓴 편지는 유하 주머니에 있었다. 유하는 섬을 떠났다.

영미가 가슴을 쓸어내리며 남주에게 말했다.

"자네, 유하를 이해할 수 있겄는가?"

남주는 볼레 바구니를 상에 올리며 깨끗한 접시 하나를 달라고 했다. 영미 며느리가 접시를 가져왔다. 남주는 튼실한 볼레를 골라내며 접시에 담았다.

"이건 유하 줘야겠네. 유하만…."

남주가 볼레를 골라내자 영미가 입을 열었다.

"유하가 섬을 떠나서 쩌어 부산까장 가갖고 봉제공장 시다 허다가 신발 공장에서 신발도 맹글고 시장에서 야채 장사 함시롱 살았대. 결혼은 안 했다는디. 아들 하나 딸 하나 있어. 입양했다고 그러등마."

영미는 허리춤에서 통장을 꺼냈다.

"이거이 남은 돈인디. 동창회 음식은 우리 아들이랑 며느리가 장만했다네. 그라먼 내일 보세."

각자 흩어졌고 잠을 청했다.

유하가 오는 날이다. 오전 아홉 시 반이 넘어서자 영미가 유하 올 시각을 아들에게 물었다. 아들은 열 시 반쯤 될 거라고 했다. 집 안을 분주히 오가던 영미는 대야에 물을 받고 남주를 불렀다.

"세수도 하고 머리도 감고 깨깟이 씻게."

며느리와 아들에게도 재촉했다.

"씻고 깨깟한 옷 입고 유하네 마중 갈 준비 어서 하거라."

몸단장을 한 아들과 며느리가 빈 박스를 마루에 놓고 장만

한 음식을 담았다. 남주가 고른 볼레는 윗자리에 놓고 박스를 봉했다. 아들은 광에서도 밀봉된 박스 하나를 꺼내 마루에 놓았다. 돗자리도 가져왔다. 영미가 고개를 끄덕였다. 영미가 박스와 돗자리를 가리키며 남주를 쳐다보았다.

"보리장나무숲으로 가세. 유하가 그리 온닥 했네."

며느리와 아들, 막내는 준비물을 이고 지고 들고 사립을 나섰다.

보리장나무숲으로 갔다. 남주와 유하가 만났던 곳이었다. 숲 아래쪽에서 경적이 울렸다. 남주가 목을 길게 빼며 아래쪽을 바라보았다. 영미의 시선이 남주를 향했다. 남주에게 얼굴을 돌린 채 아들에게 말했다.

"유하네 왔능갑다. 아범아, 모셔 오거라."

영미 아들과 며느리가 숲길을 따라 마중 나갔다. 영미는 눈을 지그시 감는가 하면 남주를 한없이 바라보다 고개를 숙였다. 돌 구르는 소리, 발짝 소리, 풀잎 쓰러지는 소리, 나뭇가지 꺾이는 소리가 났다. 남주는 안절부절 못하며 소리에 귀를 기울였다. 마중 나갔던 영미 아들이 왔다. 뒤를 이어 젊은 남자가 왔다. 막내 또래의 남자와 막내 아래 또래의 여자도 왔다. 또 막내 아래 또래의 여자와 막내 또래의 남자가 얼굴을 내밀었고 젊은 여자도 그 뒤를 이었다. 맨 뒤는 영미 며느리였다.

며느리 뒤에는 아무도 없었다. 남주는 그들을 멀거니 보았다. 젊은 남자의 양손에는 액자가 들려 있었다. 액자 안에는 사진이 있었다. 늙은 여인이었다. 막내 또래는 뭉툭한 보자기를 가슴에 품고 있었다. 남주가 영미를 보며 입을 열었다.

"유하는?"

"왔다네."

"왔구먼, 죽음을 왜 숨겼는가?"

"유하가 저세상으로 갔다고 말하면 자네가 안 올 것 같응께…. 그라고 유하가 이 시상에 있다고 했을 때 자네 맘하고, 저 시상으로 떴을 때 맘도 알고 싶었네. 오늘 아침에는 말하고 싶었는디 참말로 입이 안 떨어지등마."

영미가 치마 끝단을 잡고 눈을 훔쳤다.

"유하가 우리 집에 온 지 십 년도 넘었는디, 그때 자석들 데리고 내 집에 와갖고 나한테 부탁하고 갔네. 보리장나무숲에도 가서 자네 이야기도 함시롱. 죽으면 여그다 뼛가루를 뿌려달라고. 여그가 자네하고 유하가 만난디 앵인가?"

"…."

영미 아들과 며느리가 돗자리를 펴고 제상을 차렸다. 젊은 남자가 영정 사진을 제상에 올렸다. 막내 또래의 남자는 제상에 보자기를 올려놓고 풀었다. 유하의 항아리였다. 영미가 남주를 보며 말했다.

“그냥 보내면 쓰겄는가? 밥상이라도 차리고 술도 한 잔 따라줘야제. 그래서 섭섭하지 않게만 준비했네. 볼레는 어짤랑가?”

남주가 볼레를 제상에 올렸다. 제례가 끝나자 남주는 영정 사진을 어루만지다 항아리를 가슴에 품었다.

유해가 보리장나무숲에 흩날렸다.

영미가 말했다.

“유하도 떠났고 인자 동창회 하겄는가? 동창회비는 어짜면 좋겄는가?”

남주는 보리장나무에 내려앉은 유하를 바라보다 바지 주머니에서 볼레머리핀을 꺼냈다.

“유하를 추념하는 일을 해야겠네. 회비는 그 일에 보태면 좋겠구먼.”

영미는 고개를 끄덕였다.

남주가 볼레머리핀을 안주머니에 넣었다.

같은 시간 속의 사람들

✦

수화기에서 "점포에 피해를 끼치면 안 돼!"라는 마 부장의 말만 반복해서 들렸다. 무슨 말인지 알 것 같았다. 통화를 끝내자 전화가 또 왔다. 코로나 역학조사반이었다. 조사반은 이틀 전부터 지금까지의 동선을 분 단위로 정리해서 알려 달라고 했다. 사실대로 알리지 않으면 감염법 위반 혐의로 처벌받을 수 있다며 엄포를 놓은 뒤 우선 카드사와 카드 번호를 대라고 했다. 번호를 불러주고 전화를 끊었다. 준은 손에서 휴대폰을 놓지 않았다.

수향을 비롯한 점포 점장들을 둘러싼 문자가 오지 않는다. 지금은 자신에 대한 문자가 그들에게 전달되기 전에 그들에 관한 문자가 먼저 도착하기를 바랄 뿐이다. 준은 점장들을 만난 다음 날 코로나에 걸리고 말았다. 입원 준비를 하려고 원룸으로 가는 길에 준은 감염 경로가 궁금할 따름이었다. 언제 어디서 누굴 그리고 무엇을 가까이 한 탓일까.

어제 아침 잠자리에서 몸을 일으켰을 때부터 열이 났고 기침을 했다. 전날 밤에도 비슷한 시각에 환기를 했고 컴퓨터를 켰다. 인터넷으로 들어갔다. 이슈 검색어를 보았고 전날 누른 검색어도 누르고 마우스를 클릭했다. 워드 작업도 했다. 컴퓨터를 껐다. 전날처럼 공기가 드나들 만큼 문을 열어두고 자정이 갓 넘은 시각 침대에 누워 잠이 들었다. 집에 오면 어제처럼 현관문을 열고 신발을 벗자마자 화장실에서 손을 씻었다. 잠자리에 들 때도 씻고 잠을 잤다. 집 어딘가에 기생할지도 모를 코로나바이러스가 몸속에 침투한 것 같지는 않아 보였다. 이틀 전 그 하루 때문이었을까.

이틀 전을 떠올렸다. 그날 초저녁, 퇴근하자마자 준은 수향의 전화를 받고 집을 나섰다. 한턱 쏘겠다며 원룸 근처의 먹자골목에서 만나자고 했다. 빡빡한 일정이지만 오늘 만나기를 원했다. 오늘 낼 중 수향의 이름이 뜬 전화벨이 울릴지도 모른다는 짐작을 하고 있던 터였다. 열흘 전 수향은 '평소에 가장 많이 떠오르는 단어'를 준에게 말해 달라고 했다. 준은 '이기심' '배려'를 말했다. 수향은 이루고 싶은 꿈이나 즐기고 싶은 것, 좋아하는 음악이나 취미 생활도 물었다. 마지막은 암호 설정이었다. 준은 거리낌 없이 응했다. 수향은 열흘 후쯤이면 준의 세계를 드림센터에서 만나볼 수 있다고 말했었다. 그 일정이 오늘 잡힌 건지는 알 수 없지만 수향은 오늘 만나야 한다고 했다.

준은 구청과 우체국을 가로지르는 일방통행로를 따라 먹자골목을 향해 걸었다. 초저녁이었지만 골목은 어둠이 드리워졌다. 빗방울이 금세 떨어질 것만 같았다. 푸르다 붉다, 다시 푸르고 붉은 네온사인을 향해 걸었다. 눈을 허옇게 뜬 차량이 싸한 방귀를 쏘아대며 나아갔다. 준은 앞선 사람들의 발짝을 포개며 걸었다. 그들의 얼굴과 목을 스치는 공기, 옷에 스미고 머물다 빠져나온 음습한 공기를 닥치는 대로 들이마시고 몸에 묻히고 옷에 걸치며 걸었다. 내걸을수록 골목에 흐르는 소리가 더 크게 울렸다. 음악 소리, 웃음소리, 발 딛는 소리, 밀리고 쓸리는 소리, 광장에서 울리는 통기타 스트링. 시계를 보았다. 장소는 미정이었지만 약속 시간보다 이른 시각이었다. 수향에게 전화를 했다. 수향은 혼자 빠져나오기가 쉽지 않다며 좀 늦겠다고 말했다.

준은 광장 옆 은행나무 아래 벤치에 앉았다. 수향에게 위치를 알렸다. 휴대폰 액정을 밀어대며 뉴스를 보았다. 속보가 떴다. '코로나19 감염자 속출, n차 감염 확산일로, 단계격상 적극 검토'. 주요 이슈도 코로나였다. 자동차, 킥보드를 굴리는 사람들, '부킹만이 살 길'이라고 옷에 새긴 나이트클럽 직원들, 어깨띠를 두르고 꽃을 든 어느 업소의 여인들이 벤치 앞을 스쳐갔다. '지나친 음주는 감사합니다'라는 문구가 적힌 음식점을 나온 중년 남자 넷이 벤치 옆에서 걸음을 멈췄다. 그들 입에서 '맥주 양주 소주, 헌팅 포차 감성 포차, 콜라텍, 바, 노래방, 라이브카페, 부킹' 소리가 새 나왔다. 재채기를 했고 기침까지 뿜어댔다. 넷은 마스크를 턱에 걸치고 담배를 입에 물었다. 담배 연기를 들이켜고 뿜기를 반복했다. 연기가 바람을 따라 갈기갈기 흩어졌다. 연기가 날아올라 은행나무에 머물다 공중으로 사라지거나 저편으로 흩어지는가 싶더니 준의 얼굴을 스치며 바람결에 밀려갔다. 넷은 담배꽁초를 바닥에 떨어뜨리며 벤치에서 멀어졌다. 넷이 밀어낸 소리와 냄새도 넷을 따라갔다.

또 다른 냄새가 콧속으로 스며들었다. 술병을 빠져나온 알코올 냄새, 취객들의 입김, 양꼬치 소곱창 돼지고기 닭 오리 아귀 장어 족발 게가 익는 냄새, 횟집의 바닷물과 생선 조개 전복 낙지탕 빵 커피 향이 바람을 타고 밀려왔다. 노래방 문틈으로 추락한 비말들, 나이트클럽과 콜라텍의 땀방울, 골목을 배회한 방귀와 트림이 공기를 가르며 벤치를 지나가는 행인의 머리와 어깨에 내려앉고 속옷에 머물다 빠져나오다 밟히다 솟구친 탓인지 냄새가 진동했다.

준은 머리를 숙였다. 바닥에 검은 껌이 붙어 있었고 덜 마른 가래침이 금방이라도 신발에 달라붙을 기세였다. 분비물을 신발로 비벼 밀었다. 또르륵 굴러갔다. 개 오줌일까, 하수구에서 스르륵 빠져나온 쥐의 발자국일까, 먼지를 뒤집어쓰고 내린 빗방울일까, 욕쟁이들의 침방울일까. 폐지 줍는 할머니의 땀방울일까, 연인들의 눈물일까.

고개를 들었다. 종아리가 따끔거렸다. 바지를 털었다. 벤치에 손바닥을 대고 엉덩이를 들썩거리며 고쳐 앉았다. 누군가의 옷을 뚫고 피를 빨다 실패했을지도 모를 모기 한 마리에 당하고 말았다. 침방울로 얼룩진 옷을 뚫어대다 쫓겨난 모기, 노숙자의 때를 만지작거리다 살아남았을지도 모를 모기에게 또 한 방 맞을까 두려워 옷을 털고 몸을 비비 꼬았다. 빗방울이 떨어졌다. 은행잎 사이로 빗방울이 픽픽 소리를 내며 곤두박질쳤다. 바람이 불었다. 누르스름한 은행잎 하나가 무릎에 떨어졌다. 준은 낙엽을 손에 들고 머리를 갸우뚱거렸다. 뭐가 묻었나?

수향이 숨을 헐떡이며 다가왔다. 수향은 한동안 숨을 가쁘게 내쉬었다. 굵은 빗방울이 픽픽픽 소리를 내며 바닥으로 곤두박질쳤다. 준은 편의점으로 달려가 비닐우산을 사 들고 벤치로 왔다. 수향과 함께 우산을 쓰고 음식점으로 들어갔다. 낙지볶음 가게였다. 식대 계산은 수향이 했다. 음식점을 나왔다. 수향은 드림센터에 가야 한다며 앞장섰다. 빌딩 엘리베이터를 탔다. 드림센터는 5층이었다. 내렸다. 벽면에 문구가 있었다. '드림센터에 당신을 입력하세요, 드림센터는 당신의 세계입니다.' 마침표 쪽에 입구가 있었다. 들어갔다. 문은 열렸지만 아무도 없었다. 복도가 있었고 좌우는 룸이었다. 수향은 왼쪽 두 번째 룸에서 걸음을 멈췄다. 암호를 입력하고 입장하라는 안내 문구가 있었다. 수향이 암호를 눌렀다. 문이 열렸고 불이 켜졌다. 룸으로 들어갔다. 룸에는 책상이 있었고 책상에는 컴퓨터가 놓여 있었다. 벽면에는 이용 수칙을 알리는 아크릴판이 붙어 있었다. '드림센터를 이용하는 당신은 교양인…'이라는 내용으로 시작한 글은 '수칙부터 숙지한 후 컴퓨터를 이용 바랍니다'로 끝을 맺었다. 룸 중앙에는 의자가 놓여 있었다. 준은 수향이 향하는 곳을 향했다.

컴퓨터 앞에도 안내 문구가 있었다. 안내에 따라 키보드를 눌렀다. 준은 암호를 입력했다. 중앙에 놓인 의자에 앉았다. 수향과 나란히 앉아 정면을 응시했다. 천장에서 빔이 내려왔다. 드림센터를 알리는 화면이 나왔고 '준의 세계'라는 제목을 달고 화면이 이어졌다. 음악이 흐르면서 거리를 걷는 사람들, 문화를 창조하고 향유하는 사람들, 스포츠를 즐기는 사람들, 시장의 풍경, 대중교통과 승객들, 일터의 모습이 빠르게 전개되었다. 이어서 잔잔한 음악이 흘렀고 한 편의 시(詩)가 리듬을 따라 한 행 한 행 솟아올랐다. 꿈에 대한 시였다. 수향에게 정보를 전달한 것들이 화면 속에서 속속 모습을 드러냈다. 준의 세계는 이기심과 배려를 다룬 '고독한 식사'라는 제목의 영상을 내보이며 끝이 났다. 이어서 수향의 세계가 펼쳐졌다. 준의 분량만큼 전개된 수향의 영상은 '샐러리맨의 하루'라는 영상으로 마무리했다. 업데이트가 가능하다는 안내문이 나왔고 화면이 닫혔다. 드림센터를 나왔다. 퇴근 후 일정은 여기까지였다.

수향이 코로나에 걸렸다는 사실을 알리는 문자나 전화도 오지 않았다. 드림센터를 방문한 사람은 가까운 보건소나 선별 진료소에서 검사를 받으라는 전화도 없었다. 준의 동선과 겹치는 사람들이 코로나에 노출되었으므로 자가격리는 물론 코로나 검사를 받아야 한다는 연락 또한 오지 않았다. 준이 방역 당국에 알리기 전까지는 준과 접촉한 사람들은 아직까지 멀쩡할 뿐만 아니라 준에게 바이러스를 옮긴 사람들이 아니라는 방증이나 다름없었다.

이틀 전 오전 아홉 시에 출근했고 열 시가 되자 영업부 회의를 했다. 서울 강서와 인천 지역 점포의 점장 교육 리허설 때문에 회의는 평소보다 길었다. 점포 책임자인 점장 교육은 본사가 해마다 꼬박꼬박 챙겼다. 오프라인 교육이었다. 올해도 대면교육은 거르지 않았다. '고객이 믿고 먹을 수 있는 바른 먹거리를 제공하는 패스트푸드점'이라는 슬로건에 걸맞게 영업을 해야 함에도 불구하고 신선도가 떨어진 원재료를 제공하는가 하면 상품에 대한 매뉴얼을 준수하지 않거나 고객 응대가 불친절한 몇몇 점포 때문에 대면교육을 할 수밖에 없었다. 오후 두 시 본사 교육장에서 삼십여 명의 점장들이 참석한 가운데 '빵 굽기, 드레싱 바르기, 양상추 대신 양배추는 불가, 토마토와 양파 선택하기, 그리들에 패티 굽고 소금 뿌리기, 바스켓에 튀기기, 고객 응대하기'를 시연하거나 영상을 띄우며 교육했다. 준은 '고객 응대 어떻게 할까?'를 주제로 동영상을 띄우며 교육했다. '문을 열고 들어오는 손님에 대한 시선, 얼굴 표정, 목소리의 톤, 점장과 직원들의 몸짓, 주문받을 때 자세, 우리말 바로 사용하기' 등을 화면으로 내보이며 각 코너마다 시연하도록 했다. 수향도 점장 교육에 참여했다. 준이 하는 교육도 받았다. 교육은 세 시간 가량 진행되었고 점장들은 오후 다섯 시가 되자 본사를 떠났다. 준과 영업부 직원들은 교육장을 정리하고 퇴근했다. 수향의 전화를 받고 그녀를 따로 만난 건 그날 퇴근 후였다. 그날은 수향이 짠 프로그램에 준은 응해야 했다. 그도 그럴 것이 때가 됐기 때문이다. 수향은 준의 입사 동기였다. 나이도 같았다. 칠 년 전 같은 날 본사에서 신입 사원 교육에 참여했다. 준은 본사 직원 자격으로, 수향은 가맹점 직원으로 교육을 받았다. 신입 사원 교육의 일환으로 준과 함께 일정 코너에 대한 교육을 함께 받은 가맹점 직원은 수향뿐이었다. 게다가 수향이 근무하는 점포는 준의 집에서 서너 정거장 거리에 있었다. 때문에 준은 퇴근 후에도 수향이 근무하는 가게에 들러서 햄버거나 치킨, 감자튀김을 사서 먹곤 했다. 해마다 입사 날을 기념하는 선물도 주고받았고 식사도 함께하곤 했다.

준은 원룸으로 향했다. 원룸까지는 버스로 네댓 정거장 되는 거리였다. 걸었다. 목줄을 맨 강아지가 준 곁으로 다가왔다. 준은 강아지 앞에 앉았다. 손을 내밀려다 거두었다. 주인에게 끌려간 강아지는 주인과 함께 준을 돌아보았다. 강아지는 머리를 흔들었고 주인도 강아지처럼 머리를 흔들었다. 코로나 환자라는 사실을 망각한 무의식적인 행동과, 코로나 환자라는 사실을 지각한 행동의 교차를 강아지와 그 주인은 보았지만 준이 코로나 환자라는 사실을 알 턱이 없었다. 코와 입을 마스크로 가리고 이면도로를 걸었다. 준을 뒤따르는 사람들이 걸음을 재촉하면 더 빠른 걸음으로 멀어지거나 거리를 두었다. 다가오면 입을 힘껏 다물며 멀어졌다. 원룸에 왔다. 침대에 앉았다. 내일 오전 열 시에 원룸 옆 공원으로 구급차가 온다고 했다. 그 차를 타고 입원해야 하는데, 준의 눈빛은 천장과 벽과 바닥에 멀뚱거리며 흩어질 뿐이었다. 휴대폰에서 전화벨 소리가 울렸다. 영업부장인 마 부장이었다. 이번에는 회사에 해를 끼치면 안 된다는 내용의 전화였다. 몇 시간 전에는 "점포에 피해를 끼치면 안 돼"라고 하더니 이번에는 '점포' 대신 '회사'로 단어 하나를 바꾸었다. 점포도 회사도 손해 볼 수 없다는 말이었다. 준이 물었다.

"부장님, 그럼 역학조사반에 사실대로 진술하면 될까요?"

대답이 없었다.

"이틀 전에 했던 점장 교육을 개최하지 않았다고 말하라는 말씀인지요?"

마 부장은 직원들이나 점장들이 코로나에 걸렸다는 소문은 아직 없으니까 잘 판단해주면 좋겠다고 했다. 준은 대거리를 하지 않았다. 전화를 끊었다. 준의 직속 후임인 L에게도 전화가 왔다. L은 본부장과 마 부장이 이러저러 하신다는 말을 전하며 전화를 끊었다. 걸릴 거면 자신을 뺀 점장 또는 사원 중 누군가가 먼저 걸려야 했고 그들에 의한 피해자가 되기를 바랐던 준은 아연할 뿐이었다. 마 부장의 말대로라면 아직까지는 수향도 안녕한 점장이었다. 피해자 되기는 뜬구름 잡기일까. 준은 창가로 갔다. 준의 시선은 수향이 근무하는 쪽을 향했다. 전화를 걸었다.

"수향 씨, 별일 없으시죠?"

"그럼요. 무슨 일 있으세요?"

수향의 목소리는 밝았다.

"그… 큥, 큥, 큥… 그냥 해봤어요."

"목소리에 힘도 없고 잔기침도 해대고 감기 걸린 거예요? 병원 가봐요."

"그래요. 그럼 나중에 또 봐요."

전화를 끊었다. 피해자로 대접받을 수 없다는 사실을 확인한 셈이나 다름없었다. 준은 한숨을 길게 쏟아냈다. 침대에 누워 한동안 천장만 멀뚱히 바라보았다. 전화가 왔다. 역학조사관이었다. 몸을 떨었다.

"…아, 예, 네. 본인입니다. 이틀 전부터 오늘 이 시간까지요? 예, 기억을 더듬어 보니까. 특별히 어딜 간 건 아니었습니다. 회사요? 그때 전… 휴가 중이었습니다. 어제까지도 휴가였습니다. 오늘 아침 출근하려고 밥을 먹고 외출복으로 갈아입고 있는데 열이 나고 기침도 하고 목이 따끔거려서 휴가를 하루 더 연장했습니다. 외출은 우리 집 아래 있는 편의점에 다녀온 적 있습니다. 그제 밤 여덟 시쯤에 우산 사려고 한 번 갔습니다. 네. 걸어서 갔고, 바로 또 걸어서 왔습니다. 나머지 시간은 집에 있었습니다. 집에서요? 컴퓨터 작업했습니다. 텔레비전도 보고 휴대폰도 하고. 밥이요? 집에서 먹었습니다. 편의점에서 사온 컵라면 먹고 도시락 까먹고 냉동식품도 튀겨 먹었습니다. 또 나머지 시간요? 잠잤습니다."

듣고 있던 역학조사관은 그날 그 시간에 편의점에 들른 건 카드 사용 내역으로 확인이 된다고 말했지만 다른 내용은 미심쩍은지, 아니면 말도 안 된다고 여겼는지 목소리를 높였다. 협조에 소홀히 하면 최근의 위치 정보를 경찰서에 요청할 수 있고, 허위 진술하면 '감염병의 예방 및 관리에 관한 법률'에 따라 처벌될 수 있다며 성실한 답변을 요구했다.

준의 답변이 이어졌다.

"아, 예… 휴가 중이었고 집에만 있었으니까요. 네… 후우… 아… 조사관님! 갑자기 머릿속이… 하얘지고 전혀 생각이 안 납니다."

말이 더해질수록 목소리가 떨렸다.

"땀도 나고… 가슴이 너무 답답한데… 좀 있다… 다시 통화하면 안 될까요? 예, 좀 괜찮아지면 전화 드릴게요. 네 알겠습니다."

전화를 끊었다. 어깨를 웅크리며 머리를 흔들었다. 온몸이 화끈거렸고 무엇인가에 짓눌린 듯 가슴이 답답했다. 한동안 침대에 누워 천장만 바라보다가 창문을 열었다. 불 켜진 피트니스 센터 빌딩을 바라보았다. 수향이 근무하는 점포가 그 너머에 있기 때문이다. 수향에게 전화를 했다.

"코로나에 걸려버렸습니다."

"헉! 잠깐만요. 그래서 아까 전화를 한 거였구나. 밖에 나가서 받을게요… 조심하지 그랬어요? 어쩌다가 어디서 누구한테…."

"저도 모르겠습니다. 누구 때문인지, 어디서 옮았는지. 오늘 아침부터 열이 나고 기침도 나서 검체 체취를 했는데, 오후에 코로나 양성 판정을 받았습니다. 역학조사관과 동선에 관해 통화하고 있는데… 이틀 전에 수향 씨도 만났다고 말해야 할지, 그날 회사도 휴가 중이어서 출근도 안 했다고 말해야 할지…."

"회사에서는 뭐라고 했는데요?"

"그, 그게 좀…."

"알 것 같네요. 환자 번호는요?"

"몇 번이라고 통보받진 못했습니다. 좀 있다 역학조사관과 다시 통화해야 하는데…."

"저도 혼란스럽네요. 심장이 벌렁거리기도 하고. 검사, 격리. 어떡해요?"

"…."

"한두 사람만 신경 써서 될 일도 아니고…. 전화 일단 끊을게요."

전화가 끊겼다. 준은 창가에 서서 수향의 가게 쪽을 한동안 바라보았다. 수향이 손바닥을 내보이며 아득한 저편으로 뒷걸음질하는 것만 같았다. 준은 의자에 앉았다. 생각에 잠겼다.

'무엇이 이로울까? 거짓말은 해롭기만 할까, 피해자일까, 잠재적 가해자일까. 두렵다. 공(公)? 사(私)? 사(社)…?'

카톡이 울렸다. 수향이 보낸 카톡이었다.

'드림천국에서 보았던 〈샐러리맨의 하루〉 기억하시죠? 주인공 트런스틴이 생각나네요. 여러 유혹과 강압에도 굴하지 않고, 인간애와 진실을 향해 꿋꿋한 자세로 나아가죠. 트런스틴의 길은 아픔과 희생으로 점철된 길~'.

트런스틴의 길을 강조한 수항. 준은 〈샐러리맨의 하루〉에 등장하는 트런스틴을 떠올리며 호흡을 가다듬었다. 역학조사관에게 전화를 걸었다.

"사실대로 말씀드리겠습니다."

준은 이틀 전부터 지금까지의 동선을 밝혔다. 조사관은 진술을 번복한 저의를 물었다.

"너무 당황한 나머지 기억이 멈춰버렸습니다. 아, 네. 번복한 행위가 죄가 된다면 달게 받겠습니다."

이른 시각에 출근했다. 36일만의 출근이었다. 빌딩에 들어서자 망사 조끼를 입은 젊은 남자가 준에게 다가왔다. 그의 손에는 온도계가 들려 있었다. 와처(안전관리원)라고 자신을 소개한 그는 준에게 이름을 물었다. 신분을 밝히자 발열 체크를 했다. 열을 체크한 와처는 준과 함께 엘리베이터를 탔다. 준이 7층을 누르려고 하자 와처가 먼저 눌렀다. 문이 닫히자 와처는 벽을 바라보고 서라고 했다. 준의 얼굴이 벽을 향했다. 엘리베이터의 문이 열리자 와처가 사무실로 안내했다. 자리로 갔다. 책상 위의 컴퓨터와 파일이 꽂힌 책꽂이는 그대로 놓여 있었고 필통도 그 자리에 있었다. 자리에 앉아 주위를 둘러보았다. 직원들은 출근 전이었다. 와처는 출입문 쪽 책상에 앉아 있었다. 와처는 종이 한 장을 들고 준에게 다가왔다. 종이를 건넸다. '코로나19 방역 수칙'이 적혀 있었다. 준에게 읽기를 권했다. 와처는 뒷걸음질을 하며 제자리로 갔다.

마스크를 낀 직원들이 하나둘 모습을 드러내며 사무실로 들어왔다. 마 부장도 왔다. '하나, 말을 하지 않는다. 하나, 마스크…'. 방역 수칙을 들여다보던 준은 기립과 착석을 반복하며 인사를 했다. 직원들은 준을 응시하거나 준에게 머리를 끄덕이거나 허리를 숙이며 각자의 자리로 갔다. 방역 수칙을 읽고 난 준은 직원들의 눈치를 살폈다. 직원 모두에게 방역 수칙이 적용된 탓일까. 누구 하나 입을 열지 않았다. 마 부장은 사방을 두리번대다 시선이 준에게 이를 때면 준을 멀뚱히 쳐다보곤 했다. 마 부장이 와처를 불러 속삭였다. 와처가 준에게 다가왔다. 와처는 방역 수칙을 모두 읽었는지 물었다. 준은 읽었다고 했다. 와처는 '오랜만에 출근해서 인사말까지는 허용했지만 이 시간 이후로는 들을 수는 있지만 소리를 내거나 말은 할 수 없고 어떤 경우라도 마스크를 벗어서는 안 된다'고 전하며 제자리로 갔다.

정각 열 시가 되자 마 부장이 회의실로 모이라고 했다. 필기구와 수첩을 든 직속 후임 L은 준에게 곁눈질을 하며 회의실로 향했고 다른 직원들도 자료 파일을 안거나 들고 갔다.

준이 회의실로 걸어가자 와처가 막아서며 들어갈 수 없다고 했다. 준은 와처를 쏘아보았다. 와처는 꼿꼿이 서서 말했다. "부장님이 지시한 업무만 수행하시면 됩니다." 대치하던 준은 자리로 갔다. 눈을 감고 한숨을 쏟아냈다. 자신이 빠진 회의실이 그려졌다. 눈을 피하고 거리를 둔 마 부장의 얼굴이 떠올랐다. 살아남기 위한 직원들의 얼굴도 아른거렸다. 준은 메모리를 컴퓨터에 꽂았다. 퇴원 후 일주일 동안 재택근무하면서 수행한 업무를 점검하기 위해서였다. 업무 전반에 대한 파일을 메모리에 저장해서 퇴근 전까지 부장에게 확인을 받아야 했다. 순서와 파일명에 따라 내용을 다듬는 동안 회의실 문이 열렸다. 웃음소리가 났다. 회의장을 빠져나온 직원들은 열을 짓거나 흩어지면서 한마디씩 입 밖으로 내보냈다. "점심 먹고 출장, 출장하면서 점심, 차량 유지비, 다음 달 122호점 오픈, 주방 기구, 메뉴판, 인테리어, 점포 직원 교육은 L…."

제자리로 간 직원들은 서류를 가방에 넣거나 서랍을 여닫거나 앉거나 일어섰다. 몇은 출장을 나갔다. 몇몇은 마 부장을 따라 회의실로 갔고 또 몇은 그룹을 지어 일거리에 대한 의견을 주고받았다. L을 비롯한 점포 직원 교육팀은 자리에 앉아 컴퓨터 작업을 했다. L은 홈페이지 게시판에 올라온 내용을 모니터링하라고 후임들에게 지시했다. 와처는 준을 주시했다. 점심시간이 다가올 때 준은 작업을 마무리했다. 점심시간이 되자 직원들은 메뉴에 따라 두서넛이 팀을 이루며 사무실을 빠져나갔다. L은 마 부장의 꽁무니를 쫄래쫄래 따라갔다. 사무실에는 준과 와처 둘뿐이었다. 와처의 눈은 여전히 준을 향했다. 준이 출입구 쪽으로 가자 와처도 그쪽으로 움직였다. 밖으로 나갔다. 와처가 따라왔다.

준은 메모리를 마 부장에게 건넸다. 마 부장은 손을 올리고 내저으며 제자리로 돌아가라는 손짓을 했다. 준은 손짓에 따랐다. 마 부장은 L을 불러 눈짓을 했다. L은 비닐장갑을 끼고 책상에 있는 준의 메모리를 집어들었다. 와처가 왔다. 와처는 마 부장의 책상에 소독약을 뿌렸다. 제자리로 간 L은 소독 티슈로 메모리를 닦아내고 컴퓨터에 꽂았다. 한동안 화면을 들여다보던 L은 마 부장에게 다가가 몇 마디 나눈 후 메모리를 들고 그 자리를 벗어났다. 마 부장은 준의 눈길을 피했다. 수행한 업무를 두고, 좋으면 좋다 고생했다, 나쁘면 보완하라는 평가도 내리지 않았다. 말도 걸지 않았다. 휘하의 직원들도 입을 다물었다. 퇴근 시간이 한 시간가량 남았을 무렵이었다. 준은 마 부장에게 다가갔다.

"부장님, 문자 보냈습니다."

문자를 확인한 마 부장은 준과 함께 회의실로 갔다. 마 부장은 준을 가장자리에 앉혀두고 멀찌감치 떨어져 앉았다.

"어떤 상담인가?"

"회사와 코로납니다."

"회사, 코로나? 아 그렇지. 코로나지…."

마 부장은 하던 말을 멈추고 자리에서 벌떡 일어났다. 창문을 모두 열어젖혔다. 마스크를 꾹꾹 누르며 자리에 앉았다.

"그래 말해보게."

"회사가 제게 원하는 것이 무엇입니까?"

"아, 원하는 것? 그 코로나, 비말…."

마 부장은 또 일어섰다. 칠 분 후 빌딩 밖 벤치에서 만나자고 말하며 회의실을 나갔다. 마 부장이 밖으로 나간 지 삼 분쯤 지났을 무렵 준은 엘리베이터를 탔다. 와처가 따라왔다. 와처는 준이 만진 엘리베이터 스위치에 대고 소독약을 뿌렸다. 빌딩 밖으로 나갔다. 마 부장이 벤치에 앉아 있었다. 준이 옆자리에 앉자 마 부장은 건너편 벤치로 갔다. 마 부장은 마스크로 코와 입을 단단히 봉하고 입을 열었다.

"회사가 원하는 것이 뭐냐고 물었던가?"

"네."

마 부장은 잠시 뜸을 들였다.

"지난번 검사를 받았을 때 직원 모두가 음성 판정을 받긴 했지만 코로나 걸릴까봐 불안해 하네. 지금 준 팀장 옆에 앉은 나도 떨고 있지 않은가!"

준은 한숨을 내쉬었다.

"부장님, 그럼 제가 어떻게 하면 좋겠습니까?"

"오늘 회사 분위기를 느꼈을 걸세…. 본부장님 뜻도 담겨 있고… 알아서 판단하게."

준은 마 부장을 응시했다. 거친 숨소리를 내며 목소리를 높였다.

"부장님이 그런 분위기를 조장하지 않고서야 직원들이 어떻게 그렇게 일사분란하게 움직일 수 있는지… 그만두라는 말씀입니까?"

마 부장이 쏘아보며 목청을 높였다.

"뭐, 분위기 조장? 지금 어디다 대고 막말이야 막말이! 누가 코로나 걸리라고 했어? 걸렸으면 회사에 누를 끼치지 말던가! 내가 뭐랬지? 회사에 불이익이 없게 하라고 하지 않았어? 그랬는데도 코로나 걸린 회사라고 매스컴에 오르내리게 하질 않나, 이틀 동안 회사를 문 닫게 하질 않나, 영업부 직원들하고 교육에 참여했던 점포 점장들은 코로나 검사 받는다고 고역을 치르고, 심지어 어떤 점장은 격리되고, 매출은 뚝뚝 떨어지고, 게다가 지금 불안감 조성까지, 그 책임을 어떻게 질 거야?"

마 부장은 고개를 돌렸다. 먼발치에 앉아 있던 와처가 뒤뚱거리며 준 쪽으로 느릿느릿 걸음을 옮겼다. 준은 눈을 깜박였다. 마 부장을 응시하다 머리를 숙였다. 준의 시선은 다시 마 부장을 향했다.

"출근은 오늘부터 해도 좋다고 회사가 허락했습니다. 퇴원 후 자택 근무나 출근도 회사의 방침대로 따랐습니다. 그런데 와처라는 저 사람을 왜 그토록 저에게 붙인 건가요? 저는 코로나 완치자입니다. 항체가 형성됐습니다. 저는 코로나가 아닙니다. 감시해야 할 대상은 제가 아니라 부장님을 비롯한 직원들입니다. 그리고 제가 회사에 누를 끼쳤다고 하셨는데, 잘못이 있다면 누군가에 의해 코로나에 걸렸다는 사실, 그것뿐입니다. 저도 피해잡니다. 그런 이유가 결과적으로 회사에 마이너스를 초래한 것인데 그 점은 제가 누차 사과의 말씀을 전했습니다. 코로나에 걸리고 나서 회사를 생각했고 공공의 복리와 안녕도 생각했습니다. 갈등도 느꼈습니다. 일시적으로 금전적인 손실이 있을지라도 저는 직원들의 건강과 생명을 중시하는 것이 최선이라고 판단했습니다. 그것이 진정으로 회사에 누를 끼치지 않는 길이라고 생각했습니다. 발열을, 기침을, 호흡 곤란, 인후통, 근육통, 폭염을 극복하고 출근한 저에 대한 첫인사가 감시하고 시선을 피하고 거리를 두고….”

마 부장이 엉덩이를 들썩거렸다.

“인사권자는 내가 아니어서 방도가 없네. 회사 방침에 따라주길 바랄 뿐이네. 당분간 연차휴가를 쓰면서 이직을 깊이 고려해보게.”

준은 대답하지 않았다. 마 부장은 먼저 자리를 떴다. 소독약을 손에 든 와처가 준을 따라갔다.

“팀장님, 오늘 시간 되면 우리가 좀 한가할 만한 시간에 가게로 올 수 있나요?”

준에게 걸려온 수향의 전화였다. 연차휴가를 내고 원룸에 머물러 있던 준은 원하는 시간에 가겠다고 대답했다. 마 부장이 말했던 ‘격리된 어떤 점장’은 수향을 두고 한 말이었다. 방역 당국은 수향을 준의 밀접 접촉자로 분류했다. 준이 병원에 입원하자 수향은 음성이 나왔지만 점포에 출근도 못 하고 열흘 넘게 격리 생활을 했다. 준은 병원에서 수향은 집에서 서로를 위로했었다.

준은 수향의 가게로 갔다. 창가 쪽에 자리를 잡고 앉았다. 수향은 햄버거와 콜라 어니언링을 얹은 트레이를 들고와 준의 자리에 놓았다.

"마땅찮겠지만 퇴원 기념 대접입니다. 정성껏 만들었으니 맛있게 드세요."

준은 인사를 하고 햄버거를 집어들었다. 수향은 준의 얼굴을 요모조모 뜯어보았다.

"건강은 어떠세요, 후유증은?"

"덕분에 매우 건강합니다. 그런데 후유증?"

준은 말끝에 웃었다. 수향도 덩달아 웃었다. 준은 분위기를 띄우려고 웃었지만 수향의 웃음은 짐작이 가지 않았다. 준이 웃기 때문에 웃어야 분위기가 살 것 같아서 웃는 것인지, 아니면 뭔지. 수향이 휴대폰을 손에 들고 카메라를 눌렀다.

"먹는 모습 촬영 좀 해도 되요?"

준이 허락하자 수향은 다가가거나 물러서기를 반복하다가 좌우로 움직이며 사진을 찍거나 동영상을 촬영했다. 준이 식사를 끝내자 수향은 지지대를 탁자에 올리고 휴대폰을 꽂았다.

"팀장님, 코로나의 시작과 끝을 십 분 정도로 말씀해주실 수 있나요? 걸리고 입원하고 퇴원하기까지의 과정을. 그리고 언제 가장 아팠는지 그걸 어떻게 이겨냈는지, 어느 때 가장 행복했는지, 지금 건강 상태까지. 이 내용까지만 촬영할게요.”

그러는 이유를 준이 물었지만 촬영이 끝나면 알려주겠다고 말했다. 준은 수향이 주문한 내용을 조곤조곤 펼쳤다. 촬영을 끝낸 수향은 미간을 찌푸렸다.

“팀장님, 방금 촬영한 것들은 나를 열흘 넘게 격리시킨 불만에 대한 보상이에요. 드림센터 기억하죠? 거기에 편집을 부탁할 건데 암호를 알려주세요. 이유는 묻지 말고. 편집 후에 그 결과가 어떻게 나올지 모르겠지만 결과 나오는 대로 연락할게요. 그리고 그 결과를 받아준다면 좋겠어요.”

준은 머리를 흔들었다. 수향의 눈에는 웃음기가 보이지 않았다.

“얼마 전에 영업부 점포직원교육팀에서 일하는 직원 중 L이 인사차 우리 점포에 들렀어요. 팀장을 맡게 됐다고 하면서 앞으로 잘 부탁한다고 말하고 갔어요. 세상 참… 코로나 같은 것들….”

자리를 빼앗고 꿰차다니. 준은 그들의 행위가 의아할 따름이었다.

연차휴가가 이틀 남은 오전이었다. 회사에서 전화가 왔다.

“마 부장입니다. 내일부터 출근해주세요. 함께 가기로 했습니다. 자세한 내용은 내일 출근하면 알려드리겠습니다.”

본부장에게도 전화를 받았다. 출근 여부를 묻는 전화였다. 저의를 알 수 없는 전화에 준은 씁쓸한 웃음을 흘렸다.

출근길이었다. 카톡이 울렸다. 수향이 보낸 카톡이었다. 카톡을 열었다.

드림센터에서 〈고독한 식사〉와 함께 편집했어요.

‘같은 시간 속의 사람들’에 보냄.

점심시간에 연락 바람.

이건 또 무슨 말인지. 회사에 출근한 준은 마 부장과 함께 회의실로 갔다. 마 부장이 가까이 다가왔다.

“점포직원교육팀장으로 계속 일해줬으면 하네. 그동안 맘고생 많았네. 회사에서는 팀장 같은 직원과 헤어진다는 게 쉬운 일이 아니라고 판단했네. 아, 그러고 내일 방송국에서 우리 회사 취재를 나온다고 했네. 특집 방송인데 ‘같은 시간 속의 사람들’이라는….”

“헉, 같은 시간 속이요?”

준은 소스라치며 수향에게 온 카톡을 다시 열었다.

수향이었구나.

마 부장이 말을 이었다.

“그런 타이틀로 코로나를 극복한 직원과 회사의 사례를 소개하는 내용이니까 잘 준비해주게.”

상담을 끝내고 회의실을 나온 준은 제자리로 갔다. 와처는 볼 수 없었다. 직원들이 다가왔다.

시인과 소녀

✦

책가방을 멘 소녀가 고개를 한껏 젖히고 하늘을 올려다보았다. 연기가 피어오르는 공장의 하늘이었다. 바라보던 소녀는 공장 앞 도로 가에 우두커니 서 있는 송 시인에게 다가갔다. 시인은 소녀의 어깨를 토닥였다.

"루리, 오늘도 왔구나."

"시인 아저씨, 텐트는요?"

"어떤 아저씨들이 내 텐트를 걷어간 것 같구나."

"그럼 어떡해요?"

"딴 데로 가야겠다."

"어디로요?"

"넓은 곳에 가서 시를 써야겠어."

"우리 아빠는요?"

시인은 한동안 공장 하늘을 보았다.

"시인 아저씨, 가오리연 알죠?"

"그럼."

"아빠가 그랬어요. 가오리연에 소원을 적어서 날려 보내면 이뤄진다고. 날려봤어요?"

"루리 나이 때 시골에서 많이 날려봤지."

시인의 대답을 듣고 난 소녀는 정문을 지나 현수막이 걸린 담장을 따라 걷다 시인에게 다시 다가왔다.

"우리 아빠는 언제 집에 와요?"

"너희 아빠를 빨리 오시게 하려면 아저씨가 여기를 떠나야 될 것 같구나."

"아빠 혼잔데요?"

"또 올게."

소녀의 눈에 근심이 어렸다. 시인은 소녀를 물끄러미 보았다. 소녀는 입술을 비틀며 책가방을 열었다. 접힌 종이를 꺼내 시인에게 건넸다.

"시인 아저씨. 이거 드릴게요."

시인은 종이를 펼쳤다. 가오리연을 날리는 그림이었다. 오늘 학교에서 그렸다고 했다.

"루리 소원이 뭔지 알 것 같구나."

소녀는 하늘을 쳐다본 후 다시 걸었다. 소녀는 담장에 걸린 현수막을 만지작거리며 공장을 벗어났다. 시인은 멀어지는 소녀를 한동안 바라보았다. 휴대폰에서 카톡 알림 소리가 났다. 열었다. 아들이 보낸 카톡이었다.

'아빠 집에 언제 와? 내 생일 때는 오지?'

하던 일이 밀려 있지만 그날까지는 가겠다고 답장을 했다.

시인은 재개발 지구 입구 노숙 텐트로 갔다. 텐트 앞에는 르포작가인 오 작가가 '투쟁'이라고 쓴 머리띠를 이마에 두르고 사방을 주시했다. 다가가자 오 작가는 텐트로 안내했다. 텐트에는 아무도 없었다. 텐트에 엉덩이를 붙이려던 시인은 무릎을 꿇고 오 작가를 주시했다.

"앉을 자리가 없네."

오 작가는 눈을 멀뚱히 뜨고 시인을 보았다. 시인은 텐트 안을 가리켰다.

"이 자리는 최 씨가 단식투쟁한 자리고, 저기는 김 씨가 농성하다 병을 얻은 자린데, 그 옆은 강 씨가 감옥을 들락거리며 앉았던 자리고. 그런 자린데. 앉으면 그분들을 뭉개는 것 같아서…."

자리를 찾던 시인은 입구에 엉덩이를 붙였다. 노래패 카운터 어택 멤버 중 손 씨와 조 씨가 통기타를 메고 텐트로 왔다. 그들은 향후 투쟁에 대한 이야기를 나눈 후 흩어졌다. 밤이 오고 있었다. 시인은 오 작가와 함께 신길동으로 향하는 버스를 타고 비정규직 노동자 쉼터 '하우스 휴' 가까운 버스정류장에서 내렸다. 하우스 휴로 갔다. 시인은 하우스 휴에서 노동자들의 투쟁 현장을 찍은 최근 사진을 바라보다 굴뚝에서 시위하는 모습을 담은 사진 앞에 멈춰 섰다. 사진을 가리키다 파카 주머니에서 소녀가 건넨 그림을 꺼냈다.

"오 작가, 가오리연이야. 오늘 만났던 소녀가 내게 준 그림이지. 동규 씨 아이 루리가…."

시인은 그림을 사진 밑에 대고 귀퉁이마다 압정을 꽂았다. 그런 후 책장에서 책 한 권을 꺼냈다. 육 년 전 이맘때 자신이 낸 시집이었다. 시인은 책을 들추며 자신이 했던 사인을 내보였다.

"동규 씨 책인데, 동규 씨가 내게 사인을 부탁해서 해준 거야. 시집에 자기 이름이 나오고 자기 이야기를 다룬 시가 있다고, 혼자 읽는 것보다 다른 사람도 함께 읽으면 좋겠다고 말하면서 여기 꽂아 두겠다고 했어."

시인이 책장을 넘기며 동규에 대한 시를 펼쳤다. 오 작가는 '시의 화자'인 동규가 궁금하다고 했다.

시인은 동규 얘기를 했다.

동규는 자동차 회사에서 근무하다 해고를 당했다. 구 년 동안 근무했는데 하루아침에 해고 통지서가 날아왔다. 이유는 알 수 없었다. 조를 편성해서 잘랐는지, 이름을 써놓고 사다리를 타서 걸린 것인지 알 수 없었다. 직장을 잃은 동규는 고용센터를 들락거리며 여러 곳에 이력서를 제출했지만 입사는 커녕 면접에 대한 연락도 없었다. 가족들은 흩어졌다. 맏이인 딸은 걸리고, 젖병을 입에 문 동생은 유모차를 타고 외할머니댁으로 갔다. 아내는 식당과 옷가게를 전전하며 돈벌이를 했다. 동규는 구인 광고를 뒤적이며 백여 곳에 이력서를 넣었지만 직장을 구할 수 없었다.

자동차 회사 근무 경력을 빼고 중소기업 한 곳에 이력서를 넣자 연락이 왔다. 면접을 보러 갔다. 사전에 정보를 획득했는지, 아니면 경력을 좀 더 살피려는 의도인지는 알 수 없었지만 동규가 근무했던 그 자동차 회사 출신인지 물었다. 동규는 숨기지 않았다. 파업 가담 여부는 묻지 않았지만 그 회사 출신 노동자는 강성이어서 채용할 수 없다고 대놓고 말했다. 이후 이력서를 쓰지 않았다. 인력시장을 기웃거리다 아파트 건설 현장에 팔렸다. 질통을 짊어졌다. 방통을 쳤다. 콘크리트 타설 작업을 했다. 전선도 끌고 다녔다. 종일 골재를 운반하기도 했다. 손이 떨렸다. 다리가 후들거렸다. 새참 때 라면 국물이라도 후루룩 들이켜면 근력이 좀 붙었다. 일을 마친 후 소개료와 장갑, 라면과 카스테라, 우윳값을 빼고 남은 돈을 손에 쥐고 버스에 올랐다.

그러던 어느 날 아파트 공사 현장에서 동료 인부 송 씨를 만났다. 말이 잘 통했다. 그는 시인이었다. 일과를 마치고 시인이 기거하는 하우스 휴에 갔다. 시인과 함께 하우스 휴 자료실에 들어가 벽에 걸린 사진과 책장에 꽂힌 책을 보았다. 밥을 먹었다. 잠도 잤다. 시인이 쓴 시를 읽었고, 그의 시 세계를 들었다. 서로는 자신과 노동과 노동자와 노동자 가족을 이야기했다. 하우스 휴에 종종 들러 시인과 함께 꿀잠을 잤다.

하늘 감옥 굴뚝에 바람이 분다, 칼바람 분다. 바람이 운다. 울부짖는다. 솟구친 바람이 굴뚝에 머문다. 웅웅웅…. 휘몰아친 바람은 뺨을 때리고 가슴을 헤집다 허공으로 사라진다. 공장 바람이 솟아오른다. 바람이 굴뚝을 두른 '해고철회 전원복직' '합의사항 이행하라' 현수막을 흔든다. 바람은 또 굴뚝이 뿜어대는 싸한 연기를 풀풀 밀어댄다. 뼈를 일그러뜨리고 살을 태우고 애태운 검은 연기가 굴뚝을 빠져나온다. 연기는 연신 코를 헤집고 몸에 스며든다. 서녘에서 붉은 노을이 쓰러져간다. 땅 위 도로변은 가로등이 켜지고 자동차 불빛이 하나 둘 셋 넷…. 밤이 온다. 어둠이 오르내리다 굴뚝 난간에 머문다. 모두 멀어져가는 밤이다. 어둠 속 공장에서 노동자들이 탄 셔틀버스가 공장을 빠져나간다. 문이 닫힌다. 모두 사라진다. 목소리 하나 들리지 않는다. 외쳐도 대답이 없다. 혼자다. 어둠을 더듬고 난간에 기댄다. 이백스물여섯 날째 홀로 남은 굴뚝의 밤. 기어오른 한 마리 벌레가 되어 이백스물다섯 날을 보냈다. 변함없는 낮과 밤이었다. 해가 뜨고 질 때마다 허공에 뜬 채 바람과 햇볕과 어둠을 이고 덮고 매캐한 연기를 들이켰다. 때론 구름 위를 떠다니다 비에 젖었고 눈을 맞았다. 공장으로 들어가는 덩치 큰 자동차를 보았다. 그들의 눈은 굴뚝을 향하지 않았다. 꿈을 꾸었다. 날개를 달고 공장 지대를 훨훨 날거나 곤두박질치거나, 줄을 타고 하강하다 떨어지거나, 가위눌리는 꿈을 꾸었다. 꿈에서 깨면 하우스 휴의 활동가들이 제공한 밥과 휴대폰 배터리가 담긴 에코백이 밧줄에 달려 있고, 휴대폰에는 가족과 활동가들의 문자가 와 있었다. 그런 날이 또 간다.

노동자 신문의 한 코너에 실린 시인의 글이다. 홀로 공장 굴뚝에 올라 농성을 벌인 동규와 연락을 주고받은 내용을 정리한 글이었다.

동규는 공장 굴뚝에 올라 이백스무 날 넘게 땅을 밟지 않았다. 땅 위로 내몰렸다. 벌레처럼 꿈틀거리며 굴뚝으로 기어올랐다. 그들 때문이었고, 자신 때문이기도 했다.

동규는 시인과 하우스 휴에 자주 갔다. 인력시장에서 돌아온 저녁이면 자주 들렀다. 인력시장을 벗어나려고 하우스 휴에서 시인과 함께 채용 공고를 검색하며 이력서를 쓰고 제출했다. 한 업체에서 연락이 왔다. 지방에 있는 대기업 자동차 회사 하청 업체였다. 동규는 그곳 비정규직 노동자로 입사했다. 동규가 맡은 일은 집진기 분진 처리 업무였다. 마스크와 안경을 끼고 일 년 동안 일했다. 그러나 버티기 힘들었다. 기계 하나를 처리하고 돌아설 때마다 마스크와 작업복에서 검은 가루가 풀풀 날리며 떨어졌다. 회사는 남의 일로 여겼다, 동규는 마스크를 빨거나 분진을 털어내고 썼다. 그럴 때마다 동료들은 분진 때문에 폐암에 걸려 사망한 선배들에 대한 이야기를 늘어놓으며 서로 겁을 주곤 했다. 회사는 환경 개선에 대한 의지가 없었다.

동규는 십삼 개월째 접어들 무렵 회사를 나왔다. 다시 시인과 함께 일용직으로 건설 현장을 전전하며 직장을 알아보았다. 뉴셀에서 연락이 왔다. 뉴셀은 건전지를 제조하는 회사였다. 동규는 뉴셀에 정규직 사원으로 입사했다. 입사 육 년째 접어들 무렵 동규를 비롯한 열두 명이 해고되고 말았다. 회사는 적자가 나서 어려운 결단을 내렸다고 말했지만 핑계였다. 먼지가 자욱한 탓에 환풍기 설치를 요구하는 전단지를 뿌린 노동자들과 껄끄러운 노조원을 솎아낸 것이다. 동규는 전단지를 뿌린 행위로 걸려들고 말았다. 대표와 노조위원장은 향후 해고자 복직 문제를 성실하게 논의하겠다는 것과 직원을 새로 뽑는다면 정리해고자를 우선 채용하는 것을 골자로 한 합의서를 작성하고 서명했다고 밝혔다. 그러나 합의서 작성은 이벤트에 그치고 말았다.

회사는 몇 달 사이에 잘려나간 사원 수만큼 신규 채용을 했다. 비정규직이었다. 정리해고자들의 복직은 물 건너간 셈이나 다름없었다. 동규는 해고자를 비롯한 노조 조합원들과 함께 뉴셀 정문에 모여 복직 투쟁을 했다. 해고자들은 공장 옆 공터에 텐트를 치고 장기 농성에 돌입했다. 텐트 옆으로 매일 덩치 큰 자가용이 스르륵 지나쳤고 셔틀버스가 바퀴를 바삐 굴리며 지나갔다. 투쟁이 장기화되면서 노조의 목소리는 미미해졌다. 복직 투쟁을 벌이던 사람들은 농성 텐트를 하나둘 빠져나갔다. 우울증을 앓고 이탈한 C를 뺀 나머지는 말없이 이탈했다. 어느덧 텐트를 지키는 사람은 동규뿐이었을 때, 시인이 합류했다. 동규는 텐트를 빠져나가 공단을 발아래 둔 뉴셀 굴뚝 꼭대기에 올랐다. 굴뚝에 현수막을 두르고 소리쳤다.

해고철회 전원복직!

합의사항 이행하라!

버스 다섯 대가 뉴셀 정문 쪽에 정차했다. 해고 철회와 복직 요구, 뉴셀 해고자였던 C의 죽음을 추모하기 위한 희망버스였다. 버스에서 사람들이 속속 내렸다. 저마다 머리띠를 두르고 팻말을 손에 들었고, 더러는 깃발과 현수막을 움켜쥐었다. 문인과 예술인 단체, 금속노조와 에너지노조, 시민단체가 버스에서 내려 깃발 아래 모였다. 시인과 오 작가는 문학단체의 대열에 합류하여 현수막을 들고 걸었다. 버스에서 내린 노래패 카운터어택의 깃발 뒤로 경찰버스 한 대가 정차했다.

시인은 오 작가와 함께 '해고는 살인이다, 복직을 이행하라'고 쓴 현수막을 들고 정문으로 향했고, 노조와 여러 단체는 깃발을 펄럭이며 걸었다. 차에서 내린 경찰은 시위대 주변에서 시위대가 행진하는 쪽으로 향했다. 시위 행렬이 뉴셀 정문에 이르자 바리케이드가 닫혔다. 시인은 가던 길을 멈추고 공장 앞에 서서 확성기를 입으로 가져갔다. 해고자 복직을 요구하는 구호와 해고 노동자의 죽음에 대한 책임을 요구하는 구호를 외치며 손을 치켜올렸다. 시인은 담장을 따라 걸었다.

구호는 계속되었고 구호 사이로 꽹과리가 울렸다. 시인은 걸음을 멈추고 고개를 한껏 젖히며 하늘을 보았다. 그들의 시선이 향한 곳은 굴뚝이었다. 굴뚝 끝 난간에서는 동규가 홀로 서서 시위를 했다. 동규는 굴뚝에 두른 현수막을 흔들어대며 단결과 투쟁으로 이 지긋지긋한 고공 시위가 어서 끝나기만을 바란다고 말했다. 사람들은 굴뚝을 타고 내리는 소리와 굴뚝 아래서 부르짖는 소리에 따라 공장을 에워쌌다. 빙글빙글 돌았다.

해가 저물자 정문 앞에 모여 추모제를 열었다. 뉴셀에서 해고된 후 동규와 함께 텐트를 치고 장기 농성을 벌이다 우울증을 앓고 세상을 버린 C에 대한 추모제였다. 음향 기기를 실은 트럭이 정문 맞은편에 정차했다. 어둠이 내렸다. 집회에 모인 사람들 손에는 촛불이 켜졌고, 트럭에는 조명등이 켜졌다. 트럭 짐칸에 흰 천을 두른 데스크와 데스크 위로 C의 영정 사진을 놓았다. 추모제의 막이 올랐다. 시인은 영정 앞에 국화꽃을 올리고 무릎을 꿇었다. 각 단체 대표의 애도가 이어졌다. C의 일생이 소개되었고, 동료 해고자들의 복직을 바라고 가족에 대한 미안함으로 가득한 C의 유언을 발표했다. 사물패가 징을 울리며 넋을 기렸다. 시인은 추도시를 낭독했다. 노래패 카운터어택은 '동지여, 진리여, 정의여'를 외치며 노동가요를 불렀다. 동규는 어둠에 덮인 굴뚝에서 미미한 불빛을 반짝거리며 추모의 말을 전했다. 군중은 촛불을 높이 치켜들고 '해고는 살인이다' '살인자를 처벌하라' '복직을 이행하라'를 외쳤다. 각 노조와 단체는 산업재해와 해고 노동자의 죽음에 대한 발언을 이어나갔다.

불현듯 제단 뒤에서 확성기가 울렸다.

'경찰입니다. 지금 진행 중인 집회는 불법 집회입니다. 1차 해산명령을 발합니다. 지금 즉시 해산하십시오.'

십 분쯤 지났을까. 조명등과 마이크가 꺼졌다. 오 작가가 시인에게 다가와 정문 옆 담장을 가리켰다.

"송 형 저길 봐. 물대포차가 왔어."

오 작가의 말이 끝나기도 전에 물대포차가 운집한 사람들의 머리 위로 물을 뿌려댔다. 경찰버스가 물대포차 가까이 정차했다. 경찰들이 버스에서 내렸다. 그들 손에는 곤봉과 방패가 들려 있었다. 경찰은 먼저 도착한 경찰과 함께 행사장을 에워쌌다. 물줄기에 촛불이 꺼져갔다. 경찰은 군중을 밀어대며 희망버스로 몰았다. 추위 속에서 찬물을 뒤집어쓴 군중은 몸을 떨고 소리를 지르며 온몸으로 저항했다. 경찰의 진압에 군중과 함께 휩쓸린 오 작가가 시인에게 말했다.

"자유에 불법 딱지를 붙이고 진압이라니."

시인은 몸을 휘청거리다 오 작가의 팔을 붙잡았다.

"물리력을 행사한 강제해산은 헌법을 부정한 불법이고 국가 폭력이야."

확성기가 또 울렸다.

'여러분이 행한 집회는 미신고 불법 집회입니다. 지금 즉시 해산하지 않으면 캡사이신을 살포해 강제해산시킬 수 있습니다.'

시인은 오 작가에게 고개를 돌렸다.

"오 작가, 집회 관리에 공적을 세운 경찰은 경찰청에서 포상하고 1계급 특진도 약속했다지? 해고자 복직에 대한 약속 이행을 요구하고, 죽은 노동자를 슬퍼하고 그 넋을 위로하는 추모제가 신고 대상인지. 경찰 입에서 국가 전복 세력이란 말은 하지 않았지만 그들은 우릴 그런 불순한 세력과 범법자로 취급하고 있어. 노동자들을 제멋대로 자르고 약속을 이행하지 않은 뉴셀은 합법이고, 헌법을 무시한 채 국민을 누르고 짓밟는 국가 폭력은 정당한지…."

머리 위로 물이 떨어졌다. 시인이 든 촛불도 꺼져버렸다. 카운터어택 멤버 중 손 씨가 기타를 끌고 다가오는가 싶더니 경찰들의 방패에 밀려 땅에 코를 박고 넘어졌다. 오 작가는 저편으로 밀려나가다 모습을 감췄다. 둔탁한 물체가 시인의 머리를 가격했다. 곤봉이었을까. 방패였을까. 사람들이 비틀거리며 지나갔다. 사방을 둘러보았다. 촛불이 사라졌다. 불빛은 경찰버스에서 뿜어대는 헤드라이트 불빛과 뉴셀 사무실의 불빛 한 점, 굴뚝에서 동규가 발하는 빛이었다. 뒤를 돌아보았다. 제단에서 누군가의 손에서 촛불 하나가 흔들거렸다. 다른 손에는 종이가 들려 있는 누군가의 촛불은 흔들리며 시인 쪽으로 다가왔다.

"시인 아저씨, 머리에 피!"

소녀였다. 소녀는 들고 있던 종이를 시인의 머리에 댔다. 잠시 후 시인은 소녀가 댄 종이를 들여다보았다. 가오리연을 그린 그림이었다. 그림에 피가 묻어 있었고 핏빛 아래 몇 글자가 적혀 있었다.

'우리 아빠 굴뚝에서 내려오게 해주세요.'

시인은 피 묻은 그림을 한동안 살피다 소녀를 보았다.

"루리야, 그림을 또 그렸구나."

시인은 그림을 바닥에 내려놓고 손수건을 꺼내 머리를 감쌌다. 피를 머금고 바닥에서 꿈틀거리던 가오리연이 바람을 타고 군중을 향해 날아갔다. 카톡이 울렸다.

'아빠, 내 생일까지 올 수 있지?'

문자를 보냈다.

'아빠는 지금 출장 중, 그때까지는 갈게'.

경찰이 그를 에워쌌다.

연행해!

경찰의 완력에 힘없이 끌려갔다.

시인이 형사 앞에 앉자, 형사가 시인의 휴대폰 통화 내역과 문자 메시지를 뽑아 책상에 올려놓고 심문을 시작했다. 형사의 입가에 야릇한 미소가 흘렀다. 형사가 알아서 모두 불라고 말했다. 조목조목 묻는 말에 시인은 진술을 이어나갔다.

내가 전문 시위꾼이라고요? 어떻게 생각하든 저를 또 어떻게 부르든 상관없습니다. 저는 시 쓰는 사람입니다. 거리에서 쓰죠. 뉴셀에 왜 갔느냐고요? 아픔을 위로하려고 갔죠. 가지 않고는 쓸 수 없어서 갔고, 죽은 노동자와 해고 노동자의 아픔을 나누려고 간 거예요. 뭐라고요? 꿈꾸는 소리 마시고 사실대로 말하라고요? 채증 카메라에 잡혔어요? 알았어요. 희망버스요? 함께 기획했어요. 추도시는 당연히 제가 쓰고 낭독했죠. 뉴셀에 대한 내용은 더 안 물어보시네. 가산디지털단지요? 가리봉동 그쪽 말인가요? 아, 거긴 전자회산데 해고 노동자들 시위하는데 참여했어요. 그날 누구하고 왜 통화했냐고요? 참 그런 것까지 말해야 합니까? 그날 일요일이었는데 비가 내렸어요. 집회 마치고 맘도 착잡해서 가리봉동 오거리에 있는 돼지껍데기집에서 술 한잔하자고 오 작가한테 전화했습니다. 인천 부평이요? 아, 거긴 갈산동이죠. 그쪽에 기타 만드는 회사가 있는데, 이익만 보다가 적자 난다고 노동자들을 다 잘라버리고 해외로 사업장을 옮겨버린 콜트악기 때문이었어요. 해고 노동자들과 함께 투쟁하면서 시도 썼죠. 무슨 시냐고요? 인터넷 검색하면 나올 거예요. 잠깐만요. 여기 나오네. 보세요. 이젠 경상도 포항을 물으시네. 포항은 건설 일용직 노동자로 일하다 추락사한 노동자 추모 행사에 추도시를 낭독하러 간 거예요. 경기도에 그 화력발전이요? 비정규직으로 일하다 컨베이어 벨트에 끼어 죽은 그 청년 영결식에 다녀왔어요. 또 조사할 게 있나요? 아, 거기요? 장례식장? 거긴 노동잔데 시도 쓰는 그 형 영안실 지키다 온 거고. 이제 끝났습니까? 더 있다고요? 그때 거긴 왜 갔냐고요? 산업재해 추방의 날이었어요. 행사가 열렸는데, 거기서 산재시를 써 달라고 해서 쓴 거 낭독하러 갔어요. 이날은 또 누구하고 통화했느냐고요? 노동자생활문예지 발간 관련 회의 때문에 관계자들하고 통화했어요. 이제 됐나요? 여기는 기억을 잘 못 하겠는데…. 아, 맞다. 카운터어택이라고 노래패가 있는데 그분들하고 노동가요 연습 때문이었어요. 병원 간 것까지 말해야 하나요.

거기 있는 병원은 아까 그 전자 회사하고 반도체 회사 노동자들이 입원한 병원인데 그 사람들 문병 간 거예요. 이제 그만합시다. 왜냐고요? 지금까지 진술한 것처럼 제가 걸어온 길은 모두 불의와 폭력에 분노하고 정의와 진리를 위한 발걸음이었다고 감히 말할 수 있기 때문이죠. 불의를 지켜만 볼 수 없었고, 짓밟힌 자들과 함께하지 않고서는 시를 쓸 수 없었기 때문에… 지금 취조하는 형사님은 잘 엮으면 한 계급 특진이라도 기대할 수 있겠지만, 저는 다릅니다. 제 행보는 노동자들이, 못 가진 자들이, 힘없는 자들이, 묵묵히 살아가는 선량한 사람들이, 그분들이 차별받지 않고 함께 잘 사는 세상, 자유롭고 정의롭게 살아갈 수 있는 세상. 그러한 세상의 특진을 위한 것이었습니다. 이제 그만합시다. 묵비권 행사하겠습니다.

삼보일배 행진을 알리는 징소리가 마지막으로 울렸다. 신용산역에서 삼각지역까지 뉴셀 해고자 복직 촉구 삼보일배를 끝낸 시위자들은 대통령실을 바라보며 노랑 조끼를 걸치고 오체투지 시위를 벌였다. 길바닥에 엎드린 시인이 오 작가에게 말했다.

"오 작가, 동규 씨가 굴뚝에서 무기한 단식투쟁에 돌입한지 벌써 스무 이레째야. 밥 먹고 살기 위해서 단식으로 투쟁

해야 하는 이 비정한 세상. 정의롭고 차별 없는 세상을 쟁취하고 향유하려면 단결과 투쟁을 통한 길만이 지금은 유일한 길인데….”

“그래. 노동자가 싸우지 않고 얻을 수 있는 건 없어. 질긴 놈이 이기는 법이지. 질기게 싸워야 노예가 아닌 사람으로 대접받을 수 있어. 그런데 그 길이 차갑고 멀기만 해. 뉴셀 문제와 단식투쟁을 다룬 언론은 노동자 뉴스뿐이고….”

앙상한 가로수 사이로 찬바람이 불었다. 바람은 시인의 뺨을 연이어 때리며 지나갔다. 오체투지를 끝내고 바닥에 엉덩이를 붙인 시인은 사방을 두리번거리다 휴대폰을 열었다. 아내가 보낸 사진이 카톡에 있었다. 사진은 경찰서에서 보낸 소환장이었다. 광고탑 고공농성 선동 혐의, 뉴셀 추도시 관련 혐의 등이 담긴 소환장이었다. 다른 카톡을 열었다. 소녀의 카톡이었다. 엄마가 아빠 때문에 밥도 못 드시고 누워 계신다고 했다. 더불어 다친 데는 괜찮은지, 시도 많이 썼는지 인사를 건넨 소녀는 아빠가 굶은 지 오래됐다며 굴뚝에서 빨리 내려와 식사를 할 수 있게 도와달라는 내용이었다. 또 어젯밤에 꿈을 꾸었는데, 모두 기억할 수 없지만 장면 하나가 기억난다고 했다. 먹구름 속으로 빠져드는 아빠를 부르며 달려가다 잠이 깼다고.

답장을 보내고 휴대폰을 닫았다.

소녀야 또 무슨 꿈을 꾸었니? 더 무서운 꿈은 아니었니?

이제 어디로 갈까. 고용노동부 앞에서 시위를 했고, 국회의 사당을 점거하고 퇴거 불응으로 끌려 나오기도 했다. 시를 썼다. 재개발구역 빈집에서, 굴뚝 아래서, 노상 컨테이너와 농성 텐트에서 썼다. 현수막과 깃발을 들고 노동가요를 힘차게 부른 후 한적한 골목에 웅크리고 홀로 앉아 썼다. 투쟁이 끝나고 촛불도 사라진 거리, 그 거리의 버스정류장에서 숙소로 가는 막차를 기다리며 썼다. 탐욕에 물든 거리에서 세상을 바라보며 썼고, 불의에 저항하고 정의로운 세상을 꿈꾸며 썼다.

이제 어디로 가야 할까.

행인들이 다가왔다. 지나쳤다. 저편으로 사라졌다. 저편에서도 왔다. 지나갔다. 사라져버렸다.

어둠이 걷히고 날이 밝았다. 굴뚝 비닐 막 위로 검은 연기가 피어올랐다. 비닐 막 안에서 동규 곁을 지킨 시인은 하늘을 보았다.

"동규 씨, 다시 연기가 날리고 있어요. 노동자들의 피와 땀과 눈물을 내뿜는 연깁니다. 단식투쟁 첫날부터 산산이 흩날리는 저 굴뚝 연기를 매일 봤다면, 그 아침도 서른일곱 날째

예요. 몸이 말이 아닙니다. 이제 그만 내려가야 해요."

동규는 고개를 좌우로 흔들며 복직 이행이 아니면 제 발로든 남의 도움이든 내려갈 수 없다고 말하며 밧줄을 잡았다. 난간에 결박해서 매듭을 단단히 지어달라고 했다. 시인이 줄을 쥐었다.

"그럴 수 없어요. 이 줄은 굴뚝 아래로 내려보내야 할 밥줄이에요. 이제 동규 씨는 자신의 의지를 넘어섰어요. 건강을 잃었다는 말입니다. 밧줄 하나도 감지 못할 만큼 힘도 빠졌고, 스스로를 통제할 수 없는 지경에 이른 겁니다. 저를 비롯해 투쟁하고 연대하는 그 어떤 사람이나 단체도 여기서 자유롭지 못하다는 건 인정합니다만, 더 이상의 단식투쟁은 삶은커녕 죽음뿐입니다. 제가 굴뚝에 오른 이유는 하늘 감옥의 빗장을 풀고 자유를 위한 땅으로 함께 내려가기 위해섭니다."

난간에 기대어 누운 동규는 줄을 움켜쥐었다.

"저를 설득하지 마세요. 어차피 거의 다 왔습니다. 죽음이 나를 기다릴지라도 지금은 이 길만이 유일한 길이고 최후의 항전이나 다름없는 투쟁이에요."

비닐 막에 부딪히는 바람이 거셌다. 동규는 몸을 웅크리며 눈을 감았다. 시인은 난간에 기대어 앉아 동규를 내려다보았다.

"날이 갈수록 위험해집니다. 이건 더 이상 투쟁이 아니에요. 자학이란 말입니다. 증세가 심해요. 당장 선택해야 합니다. 자발적이면 좋겠지만 타의라도 단식투쟁을 멈추고 땅으로 내려가야 생명을 보존할 수 있어요."

동규는 자의든 타의든 모두 거부했다.

오후 두 시가 지날 무렵이었다. 시인은 전화를 받았다. 오 작가의 전화였다. 굴뚝을 내려다보라고 했다.

머리를 내밀고 굴뚝 아래를 보았다. 버스 일곱 대가 줄지어 서 있었고, 사람들은 깃발과 현수막을 들거나 손팻말을 들고 버스에서 내렸다. 깃발을 흔들었고 손팻말을 내밀었다. '단식투쟁 37일째, 죽음을 불사한 해고 노동자 동규를 구하라!'고 쓴 현수막도 맞들고 뉴셀 공장을 에워싸며 징을 울렸다.

오 작가가 말했다.

"희망버스가 모였어. 우리는 해고자 복직을 이행하기 전까지 무기한 투쟁을 벌일 방침이야."

시인은 동규를 모로 눕히고 난간에 걸린 현수막과 비닐을 걷어 올렸다.

"동규 씨 아래를 봐요, 희망버스가 다시 왔어요. 뉴셀 문제가 해결될 때까지 무기한 투쟁을 벌인답니다. 이제 투쟁은 우리에게 맡기고 이만 내려가요."

한동안 굴뚝 아래를 내려다보던 동규는 손사래를 치며 여기서 그들과 함께하겠다고 말했다.

잠시 후였다. 굴뚝 난간을 향해 연이 솟아올랐다. 가오리연이었다. 소녀의 연이었다. 소녀가 뉴셀 담장에 올라 가오리연을 날리고 있었다. 소녀는 얼레를 붙잡고 실타래를 풀며 더 높이 더 멀리 날려 보냈다.

루리!

시인이 소리쳤다.

"동규 씨! 보이죠? 따님이 연을 날리고 있어요."

동규는 몸을 일으켰다. 하늘을 가르는 연과 소녀를 바라보았다. 연은 꼬리와 귀에 글자를 달고 솟구쳐 올랐다. 좌우로 비행하다 바람에 밀려 멀어지며 곤두박질치는가 싶더니 땅을 박차고 솟아올랐다. 연은 '아빠 빨리 내려오세요'를 꼬리에 달고, 두 귀는 '함께 밥 먹어요'를 단 채 날갯짓을 했다. 오 작가가 확성기를 들고 소녀에게 다가갔다. 확성기에서 소녀의 목소리가 울려 퍼졌다.

'아빠, 빨리 내려오세요'.

'아빠, 함께 밥 먹어요'.

연은 굴뚝으로 날아오르다 굴뚝 계단에 걸리고 말았다. 더 이상 날지 않았다. 꼬리와 귀가 바람결에 너울거렸다. 시인은 동규 손을 잡았다.

"동규 씨, 루리에게 했던 말 기억하죠? 가오리연에 소원을 적어 날리면 소원이 이루어진다는 말."

"…."

동규는 눈을 지그시 감고 줄을 놓았다.

굴뚝에서 내려온 동규는 구급대에 실려 병원으로 향했다. 소녀는 구급대를 바라보며 얼레를 붙들고 서 있었다. 시인은 소녀가 머문 곳으로 걸음을 옮겼다. 뒤쪽에서 경찰이 내지르는 호각 소리가 났다. 휴대폰에서는 카톡 알림 소리가 났다. 카톡을 열었다. 아들이 보낸 카톡이었다.

'아빠, 낼 내 생일인 거 알지? 올 거지?'

카톡을 보냈다.

'아빠 아직 일거리가 남았는데 어떡하지? 다시 연락할게.'

가까이서 구둣발 끄는 소리가 연이어 났다. 소리 나는 쪽으로 고개를 돌렸다. 경찰이었다. 그들 중 누군가가 시인을 가리키며 소리쳤다.

이 새끼, 그때 그 새끼네. 연행해!

경찰은 시인을 연행했다. 뉴셀 C노동자 사망 추모제 때 폭력을 조장하고 시위를 선동하는 내용의 추도시를 낭독한 혐의였다.

소녀는 끌려가는 시인을 향해 달렸다.

퇴근길

✦

퇴근길이었다. 정수는 지하철에서 버스로 갈아타려고 에스컬레이터를 탔다. 정수 바로 앞 계단에는 젊은 여자가 휴대폰을 만지작거리며 서 있었다. 플랫폼에 이르자 여자는 한 발짝을 내딛고는 갑자기 걸음을 멈췄다. 정수는 몸을 피하며 그녀를 노려보았다. 그러고는 한마디 했다. "뒷사람도 생각해야죠!" 여자는 힐끗 쳐다보다 한 걸음을 더 내딛고 서서 휴대폰만 응시하며 킥킥킥 웃었다. 여자를 지나친 정수는 뒤를 돌아보며 미간을 찌푸리고 입술을 비틀었다.

정수가 지하철을 빠져나왔을 때 친목 단체 회원인 석기에게 문자가 왔다. 술 한잔 어떠냐는 문자였다. 따지고보니 그와 대면한 지도 삼백일을 훌쩍 넘고 말았다. 카드를 번갈아

긁어가며 다달이 대작했지만, 정수는 술 때문에 모욕을 당했고 다투다 헤어졌다. 이후, 연락을 끊었는데 문자가 오다니.

석기는 그날 만났던 먹자골목 호프집에서 만나기를 원했다.

그날은 버스 종점에서 핑크레이디와 얼룩말 기사를 봤던 날이기도 했다. 석기와 다투고 씩씩거리며 집으로 가는 버스로 갈아타려고 지하철에서 출구로 나가는 에스컬레이터를 탔다. 정수 앞에서 숄더백을 멘 젊은 남자는 에스컬레이터에서 두세 걸음 걷는가 싶더니 걸음을 멈추고 좌우를 돌아보았다. 정수는 가까스로 몸을 피한 후 남자를 노려보며 말했다. "뒷사람도 생각해야죠!" 남자는 "어휴, 술 냄새!"를 작은 소리로 내뱉고는 손바닥으로 부채질을 했다.

정수는 지하철에서 나왔고 버스를 탔다. 승객이 오르내렸다. 기사는 버스가 정류장에 다가갈 때마다 가끔 브레이크를 밟으며 경적을 울렸고 문을 여닫았다. 뒤쪽 창가에 앉은 정수는 눈을 껌뻑이며 꾸벅꾸벅 졸았다. 소리가 났다. 하차를 알리는 벨 소리, 문 열리는 소리, 교통카드 찍는 소리, 캐시 박스에 동전 떨어지는 소리, 발짝 소리, 문 닫히는 소리가 연이어 났다. 소리는 미미하게 들리는가 싶더니 사라졌다.

잠이 들었다.

누군가가 어깨를 마구 흔들며 정수를 깨웠다.

"아저씨, 일어나세요!"

눈을 떴다. 짙은 눈썹에 얼룩무늬 셔츠를 외투 안에 걸친 남자가 정수를 내려다보았다. 어깨가 무거웠다. 짓눌린 것 같았다. 왼쪽을 보았다. 잠든 여인이 기대고 있었다. 낯선 여인이었다. 다시 위를 쳐다보았다. 남자가 미간을 좁히며 얼굴을 일그러뜨렸다. 남자는 방금보다 더 큰 소리를 냈다.

"종점이요, 종점!"

운행이 끝났으니 내리라는 소리였다. 정수는 눈을 부릅뜨고 입술을 비틀어댔다. 그랬지만 이내 자신이 버스에 앉아 있다는 사실과 자신을 향해 목소리를 높인 남자는 버스 기사라는 걸 알아차리고 인상을 폈다. 다시 여인 쪽으로 고개를 돌렸다. 핑크색 핸드백을 팔에 걸친 중년 여인이었다. 기사는 여인을 깨우지 않았다. 정수는 여인을 밀쳤다. 여인은 눈을 감은 채 몸을 늘어뜨렸다. 정수는 사방으로 고개를 돌렸다. 버스 안에는 정수와 버스 기사, 여인뿐이었다. 밖을 내다보았다. 어두웠다. 불빛 한 점 보이지 않았다. 기사는 여인에게 말을 걸지 않았다.

"옆 사람 좀 깨워주세요."

기사가 정수에게 말했다. 정수는 기사를 멀거니 바라보았다. 그런 후 여인에게 말했다.

"아주머니, 종점이랍니다. 일어나세요."

여인은 눈을 뜨지 않았다. 여인이 이 동네 사람이라고 알린 기사는 부부로 착각했다고 말하며 이마에 손바닥을 댔다.

기사는 여인의 귀에 대고 소리를 내질렀다.

"고객님!"

여인이 눈을 떴다. 정수에게 고개를 돌리는가 싶더니 흠칫 놀라며 일어섰다.

"아저씨도 내리세요."

기사가 말하자 정수는 벽에 붙은 '버스노선도'를 보았다. 여기가 종점이라면 목적지보다 일곱 정거장이나 건너뛴 셈이었다.

"기사님, 반대편에 버스 있나요?"

"외곽으로 나가는 것보다 시내 쪽으로 들어가는 버스는 더 일찍 끊겨요. 새벽 한 시 반이 넘었는데 있겠어요? 이 차도 막 찹니다."

대중교통은 없다고 했다. 기사는 차고지로 가야 한다며 얼른 하차하라고 했다. 정수가 차고지의 위치를 묻자 기사는 일 킬로미터 전방에 있는데, 그곳은 집도 없고 아무도 없는 허허벌판이어서 시내는 여기가 더 가깝다고 말했다.

"이 동네 택시 부르면 오겠죠?"

"외진 데라 올지 모르겠네요."

기사가 운전석으로 갔다. 여인은 버스에서 내렸다. 정수도 내렸다. 어두웠다. 휴대폰이 꺼져 있었다. 전원을 눌렀지만 살아나지 않았다. 방전된 것 같았다. 여인은 휴대폰 손전등을 켜고 오르막길을 걸었다. 여인을 따라갔다. 여인은 잰걸음으로 걸었다. 여인의 뒤통수에 대고 말했다.

"죄송하지만 휴대폰이 안 되는데 택시 좀 불러주세요."

여인이 가던 길을 걸으며 말했다.

"이 시간에 여기는 택시 불러도 안 올 거예요."

"편의점 있어요? 아니면 PC방이나 사우나…."

"여섯 가구만 살아서, 그런 것도 없어요. 시내로 나가야죠."

여인의 발걸음이 빨라졌다.

"오든 안 오든 택시 좀 불러주세요."

"…."

여인은 더 이상 입을 열지 않았다. 정류장에서 오십 미터쯤 걸었을까. 여인이 어느 집 철문 앞에서 걸음을 멈추자 문이 열렸다. 여인이 들어갔다. 둔탁한 쇳소리와 함께 문이 닫혔다. 정수는 문틈에 눈을 대고 안을 들여다보았다. 현관문이 열렸다. 열린 문으로 불빛이 새어 나왔다. 핑크색 핸드백을 팔에 걸치고 빛 속으로 들어가는 여인의 뒷모습이 보였다.

"저기, 잠깐만요. 시내로 나가려면 얼마나 걸리죠?"

여인이 몸을 비틀며 철문 쪽으로 고개를 돌렸다.

"왔던 쪽으로 한 삼 킬로는 넘게 걸어야 해요. 이 동네 끝에 폐가가 있는데 그 폐가를 지나면 개울물이 흘러요. 개울 지나고 산길 따라 산을 넘으면 시내가 나와요."

"그럼, 따따불로 택시 좀…."

말이 끝나기도 전에 여인은 현관문을 닫고 모습을 감췄다.

"저기요. 아주머니, 사모님!"

불빛도 사라졌다. 어둠에 갇히고 말았다. 사방으로 고개를 돌리고 위아래를 쳐다봐도 어둠만 가득했다. 한 줄기 달빛도 없는 이 어둠. 별은 정체만 드러낼 뿐 정수가 서 있는 땅에 빛을 내뿜지 않았다. 어둠 속에서 여인의 집을 맴돌았다. 담벼락에 몸을 기대다 옆집도 기웃거렸지만 불빛 한 점 없었다. 무서웠다. 이 어둠의 공포를 덜어 줄 곳은 이 집뿐일 것만 같았다. 짧게나마 버스에 나란히 앉아서 잠자리를 함께했던 여인의 집이었으므로.

별안간 그 집 창문에서 불빛이 새어 나왔다. 정수는 불빛을 보며 소리쳤다.

"방금 종점에서 내린 아주머니! 휴대폰 충전 좀 부탁할게요. 십 분만이요."

반응이 없었다. 음절씩 떼며 소리를 더 높였다.

"휴, 대, 폰, 충, 전, 십, 분, 만…."

창문이 열렸다. 여인이었다.

"시끄러워 죽겠네. 정말!"

"사모님, 휴대폰 충전 잠깐만…."

코대답도 없었다.

"그럼 창문으로 불빛만 좀 나오게 해주세요."

"…."

창문이 닫혔다. 불도 꺼졌다. 어둠이 더 짙게 드리워졌다. 철문에 기대어 정류장 쪽을 내려다보았다. 암흑이었다. 굴러가던 버스도 어딘가에서 멈추고 잠든 밤. 벌레도 짐승도 새도, 꿈틀대다가 걷다가 날다가, 웅크리거나 쓰러지거나 깃을 접고 잠든 탓인지 소리 하나 울리지 않았다. 오른쪽 먼 곳으로 시선을 돌렸다. 검고 높은 산이 보였다. 폐가를 지나고 개울을 건너서 산을 넘으면 시내가 나온다고 여인이 말했던 산이 저길까. 몇 고개를 넘어야 되는지 알 수 없지만 음울한 어둠에 휩싸인 고개를 넘을 때마다 도깨비와 씨름하고, 들개와 멧돼지에 쫓겨 나무에 올랐다가, 걷다가 뛰다가 구르다 움츠러들다 주저앉다가 지치고 나면 집으로 가는 택시를 겨우 잡을 것만 같았다. 온 동네를 두리번대다 몸을 웅크렸다. 잠을 설친 아니면 호시탐탐 먹잇감을 노리고 있는 알 수 없는 누군가가 또는 뭔가가 시나브로 다가와서 자신을 위협하거나 물어뜯을지도 모른다는 두려움 때문이었다.

저편에서 정체를 알 수 없는 무엇이 꿈틀거리며 노려보는 듯했다. 어둠보다 더 짙고 검은. 저것은 뭘까. 고양이? 오소리? 살쾡이? 들갠가. 늑대? 멧돼진가. 이승을 떠도는 각시귀신인지 몽달귀신인지. 정수는 눈을 껌벅이고 가슴을 벌렁거리며 한동안 그것을 보았다. 도망가면 앞을 가로막을 것 같았고, 돌아서면 등 뒤에 있을 것만 같았다. 엉덩이를 땅에 붙이고 질질 끌다가, 무릎을 대고 뒤뚱거리다 돌멩이 하나를 집어 들고 몸을 우그렸다. 그것은 짐작할 수 없는 미미한 소리와 함께 걷다가 비틀대다 정수 쪽으로 거리를 좁히며 다가왔다. 정수는 그것을 향해 돌멩이를 던졌다. 돌 부딪히는 소리와 던진 돌멩이가 길을 따라 구르는 소리가 났다. 정체를 알 수 없는 그것은 서걱서걱, 하는 소리를 내다 멈췄다. 가까이 다가갔다. 툭툭 건드리며 발길질을 했다. 그것은 정수의 발이 닿기도 전에 힘을 잃고 쓰러지는가 싶더니 몸을 곧추세우며 저편으로 향했다.

비닐봉지였을까.

막차가 향한 곳에서 오토바이 소리가 났다. 오토바이가 정수 쪽으로 빛을 내뿜었다. 정류장으로 내달렸다. 오토바이가 다가왔다. 정수는 양팔을 벌리며 길을 막았다. 오토바이가 멈췄다. 눈이 부셨다. 정수는 '요금 드릴게요' '부탁합니다'를 연발하며 도움을 청했다. 운전자는 손짓을 하며 비켜나라고 했다. 길을 터주면 가던 길을 그냥 가겠다는 신호인지, 청을 들어주려는 의도인지 알 수 없었다. 정수는 비켜섰다. 얼룩무늬 셔츠가 눈에 들어왔다.

"어! 아까, 그, 버스 기사님?"

운전자는 아랑곳없이 가속페달을 밟았다.

"기사님, 아저씨, 얼룩말 기사님!"

오토바이는 사라졌다. 오토바이 운전자가 버스 기사였다면 이 동네를 경유하는 마지막 교통수단마저 끊어진 셈이나 다름없었다. 정수는 다시 여인의 집으로 걸음을 옮겼다. 그 집 대문에 이마를 댔다. 목이 아프도록 외쳤다.

"아주머니! 차 좀 불러주세요. 춥고, 떨리고, 무섭고, 아파요. 119 좀 불러줘요. 아무 불이라도 좀 켜주세요. 사모님! 이모! 택시, 119, 불빛…!"

대문에 등을 대고 털썩 주저앉았다. 연방 소리를 질렀다.

"택시, 119, 이런 우라질, 핑크레이디…!"

반응이 없었다.

사오십 분 지났을까. 정수는 빛을 보았다. 일어섰다. 여인의 집에서 샌 불빛이 아니었다. 오토바이가 향한 쪽에서 빛이 반짝거렸다. 붉고 푸른 그리고 하얀 빛이 검은 산을 타고 내려왔다. 빛은 정수가 머문 마을로 다가왔다. 버스정류장으로 달린 정수는 빛을 가로막았다. 움직이며 발산하던 빛은 "삐익!"하는 소리와 함께 정류장에서 멈췄다. 긴급자동차였다. 자동차 지붕과 헤드라이트에서 빛이 반짝였다. 경찰차였다. 운전석의 문이 열렸고 조수석도 날개를 펴듯 열렸다. 경찰이 나왔다. 정수에게 다가왔다. 운전석에서 내린 경찰이 신고했냐고 물었다. 그런 적이 없다고 했다. 조수석에서 내린 경찰은 이 동네에서 고성방가로 잠을 못 자겠다고 신고가 들어왔다며 누군가에게 전화를 했다.

정수가 경찰에게 다가갔다.

"제가 무서워서 죽을 것 같아서 119 좀 불러달라고 소리 질렀습니다."

경찰은 하던 전화를 끊고 신분증을 요구했다. 연락처도 물었다. 운전석에서 나왔던 경찰이 뒷좌석 문을 열었다. 지구대까지 함께 가자고 했다.

정수가 탄 차가 지구대로 향했다.

핑크레이디와 얼룩말 기사를 보았고 지구대로 끌려갔던 밤. 그랬던 그 밤은 석기가 술을 마시자고 정수를 불러낸 밤이기도 했다.

호프집에서 정수가 비운 잔에 술을 채운 건 석기였다. 석기는 잔이 마를 때마다 붓고 채우면서 정수와 함께하는 술자리가 즐겁다고 했다.

그들은 술병에 남은 술을 잔에 붓고 나서 다투고 말았다. 다툼의 원인은 술자리에서 오간 대화 때문이었다. 정확히 말하자면 화젯거리와 태도, 표정이 문제였다. 술자리에서 석기는 심판관처럼 굴었다. 이런 말이든 저런 말이든 자신이 두 번 이상 말하는 것은 강조의 의미고, 다른 사람이 같은 말을 반복하면 술주정으로 치부했다. 자신은 아무리 마시고 취해도 정신 하나는 똑바른 사람이라고 너스레를 떨며 턱을 내밀곤 했다. 정수가 본 그의 행동은 거만했다.

지난번 술자리에서도 석기의 발언 때문에 분위기를 잡치고 말았다고 해야 할 것 같다. 지난번 석기는 친목 단체 회원 다섯 명이 모인 술자리에서 정수에게 "맨정신으로는 가만있다가, 술만 먹으면 헛소리를 지껄이네"라고 했다. 정수는 그러는 석기를 이해할 수 없었다. 30주년 행사 기획 총괄을 맡은 정수가 행사 때 출연진 중에 펑크 낸 출연자에 대한 내막을 술자리에서 반복해서 알린 걸 두고 하는 말이었다. 지난 술자리에서 대작할 때 자신이 들은 바 있고, 이번이 두 번째이므로 소음에 지나지 않을 뿐만 아니라 더 이상 듣고 싶지 않은 헛소리로 단정한 것이다. 화젯거리를 정수가 먼저 꺼낸 것도 아니었다. 다섯 명 중 둘을 제외한 다른 사람은 그 내막을 상세하게 알지 못했고, 그중 하나가 질문을 던졌기 때문에 관련 이야기를 꺼냈을 뿐이었다. 회원들은 서로 눈치를 살피다 술잔을 채워두고 하나둘씩 자리를 떴다. 정수도 석기를 두고 그 집을 나왔다. 넷은 다른 술집을 잡고 앉아 끊긴 이야기를 이었고 대화를 나누었다.

술을 권한 건 석기였고 정수는 권한 술을 마셨다. 정수 안의 정수가 술을 원하기도 했다. 정수 안의 수많은 정수 중 술이 들어오기를 간절히 바라는 정수 안의 정수가 술을 마셨다. 앉은자리에서 천 사발의 술을 마신 요임금이나 백 잔을 마신 순임금에 비하면 목을 축이는 정도에 지나지 않았지만 정수 안의 정수가 바라는 만큼 마셨다. 술을 요구한 정수 안의 정수도 정수였고 그 정수 때문에 취한 정수도 정수였다.

석기에게 또 문자가 왔다. 먹자골목에서 기다리는 중이라고 했다. 문자를 읽고 길을 건던 정수는 적개심이 가득한 정수 안의 정수 때문에 길가 벤치에 앉았다. 그 정수는 상상의 편린들을 정수 밖으로 쏟아냈다.

난 당신이 당신 된 것을 잘 알지 못하는데, 당신은 내가 나 된 것을 모두 알까? 나는 나보다 먼저 태어난 자와 나중에 태어난 자 사이에서, 누군가가 가는 길을 따라 걷다가 나만의 길을 달리다 걷다 넘어지다 쉬다가 머무르다, 바람 속에서 입고, 향기 속에서 먹고, 바닥에 눕고 일어나서 나의 길을 걸으며 내가 되었다.

내 아버지와 터울 진 누나와 형이 어머니 배 속에서 음력 칠월 어느 날 초저녁에 태어난 걸 봤다고 알려주었고, 어머니는 저녁 먹고 좀 놀다가 나를 낳았다고 말해주었으므로 나는 내 부모가 낳은 자식이란 걸 알았다. 아버지를 아버지라고 부르라고 해서 아버지, 어머니도 어머니, 누나는 누나, 형은 형, 고모 이모 삼촌 오촌도 그렇게 부르라고 해서 불렀을 것 같고 부르기도 했다. 위쪽이다 싶으면 머리 숙여 절을 했고 아래쪽에서는 인사를 받기도 했다.

어린 시절 바닷가에 살 때 윗사람이 술에 찌들어 살다가 술병으로 죽었다는 소리를 들었고, 나보다 항렬은 낮지만 나이 많은 사람이 술안주로 복어를 먹다 죽었다는 소리도 들었다.

죽은 그들이 꽃상여에 덮여 무덤으로 향하는 것을 보았을 때, 그렇게 먹고 마시면 죽는다는 것도 알았다. 먹고 입고 보면서 자랐다. 꽁보리밥에 고구마와 조를 버무려 먹고, 그렇게나마 축적한 양분을 살로 가기도 전에 회충에 빨리고 이에 뜯기며 자랐다.

우리 동네에 움트고 싹 나고 꽃필 때, 문중 산소에 동백꽃 만개할 때, 폭염에 샘물 긷고 폭우에 고무신 떠내려갈 때, 비바람을 동반한 태풍에 선착장 부서지고 잣밤나무 가지 부러질 때, 코스모스 핀 길 따라 들개미취 가득한 학서암으로 소풍 갈 때, 암자에 단풍잎 흐드러질 때, 그 잎 떨어지고 뒹굴 때. 우리 집 남새밭에서 찬바람에 밀려 바다 멀리 연이 날고 장독대에 눈 쌓일 때, 그럴 때마다 보고 듣고 맡으며 맞고 쐬기도 했다. 눕거나 앉거나 서거나 비틀거리거나 미끄러지거나 걸었고 달렸는데….

객선 타고 육지로 갔다. 자전거를 탔다. 버스도 택시도 지하철도 탔다. 군대 가서 '충·효·예 교육' 자료를 스크랩했고 정훈 조교로 활동도 했다. 남들만큼 학교도 들어갔고 나왔다. 독재 타도를 외쳤다. 최루탄 가스 마시고 눈물도 흘렸다. 표도르 도스토예프스키의 작품과 쇼펜하우어 인생론에 심취했고, 솔로몬의 지혜서도 즐겨 읽었다. 드라마를 보았고 가요를 들으며 불렀다. 다큐멘터리도 보거나 들었다. 뉴스도. 토론도. 그러면서 세상과 발맞춰 나갔다. 돈벌이에 실패한 적 있지만 돈벌이를 쉬어본 적 없었다. 그랬고 그러한 인생 여정에 내가 되었는데….

내가 될 때까지 내가 되는, 나도 모르는 요소는 뒤늦게 들었거나 짐작해서 알게 됐을 뿐이다. 내가 부재할 때 주위 사람들은 칭찬과 응원과 비난과 염려, 기도를 했다고 내게 말했다. 모욕을 느낄 만큼 뒷말도 했다고. 내 육체가 깨어나 움직일 때는 검은 손과 흰 손, 또는 빛이, 또는 볼 수 없는 절대자의 힘이, 내가 잠이 들 땐 나도 모르는 빛과 내가 빠져든 어둠이 내가 되도록 내게 작용했을지도 모른다. 나의 육체와 영은 그러한데….

나를 기다리는 석기. 지금은 밤이다. 낮이 흔적마저 감춘 밤이다. 빛을 뿜어대고 입을 벌리고 마시고 비틀거리고 질러대는 밤이다. 낮이 감기고 어둠 가득한 밤, 가면을 벗고 나를 드러내는 밤이다. 이성이 앉았던 자리에 감성이 들끓고 어울리는 밤. 당신을 만나 마실 때도 그런 밤이었다. 술자리를 벗어난 후 씩씩거리다 지하철을 탔고 버스를 탔다. 잠이 들었고 원치 않은 곳에서 내렸었다. 다음날 밤에는 꿈을 꾸었다. 당신이었는지는 기억할 수 없지만 당신이 아닌 것도 아닌 것 같은 자가 나를 절벽 아래로 밀어내려는 꿈이었다. 벗어나려고 하자 붙잡았고 앞을 가로막았다. 소리를 질렀다. 꿈속에서 꿈 밖으로 빠져나오면서 소릴 지르며 잠이 깼다. 깨어난 나는, 그 꿈에서 빠져나올 때도 소리를 질렀다는 걸 알았다. 다음 날 자면서도 꿈을 꾸었다. 꿈에서 깬 나는 어제 만났던 사람을 만난 것 같았다. 그 사람은 다음 꿈에도 보였다. 석기였던가. 그랬었는데….

문자가 또 떴다.

'지난번 거기서 기다림'.

정수는 읽기만 했다. 지난번 대작했던 그 호프집에서 기다리고 있다는 것까지는 알겠지만 그 자리에 앉았는지는 알 수 없었다. 그때 그 자리에서 벽을 보고 앉았던 석기의 몸짓이 아른거렸다. 석기의 모욕적인 발언을 지적하며 '님'도 '씨'도 '형'도 아닌 '당신'이라는 호칭을 넣고 말하자 석기는 턱을 치켜올리며 코를 실룩거리다 입술을 비틀었다. 눈을 부라리며 정수를 노려보는가 싶더니 입이 열렸다. 입에 담지 못할 욕을 내뱉었다. 그랬던 그가 호프집에서 기다리고 있다니. 한 판 붙자는 말인지, 사과를 하려는 것인지, 아니면 하라는 것인지, 서로 유감을 표하자는 의도인지, 둘 중 하나가 그중 하나를 행한 후 화해를 하고 아무 일도 없었던 것처럼 웃어넘기자는 뜻인지, 그것도 아니면 술만 마시자는 의도인지. 그 속을 알 수 없었다.

다시는 대면하지 않겠다고 다짐했던 터였는데, 정수 안의 정수는 정수의 발길을 석기가 기다리고 있다는 호프 쪽으로 돌리게 했다. 정수는 빠져나왔던 지하철로 다시 들어갔다. 전철을 탔다. 호프집 골목으로 갔다. 골목에서 석기가 있을 호프집을 들여다보았다. 석기가 있었다. 앉았던 자리에서 술병을 놓고 벽을 보고 앉아 있었다. 한 사람이 석기와 마주 보고 있었다. 홍보위원장을 맡고 있는 준태였다. 석기가 혼자서 기다린다고 말한 적이 없지만 이런 구도는 예상도 못 했는데, 저의를 알 수 없었다. 둘은 언제부터 둘이었을까. 동시에 만났을까. 아니면 석기가 불러냈을까. 준태가 부른 걸까. 석기를 부른 준태가 정수를 부르자고 한 걸까. 그 반대일까. 준태와 정수를 모두 불렀는데 준태가 먼저 온 걸까. 누가 먼저든 나중이든 이런 구도 속에서 자신을 부른 석기의 의도가 의아할 따름이었다. 목을 빼고 한 사람만 기다리지 않은 것만은 분명해 보였다. 둘만의 만남으로 대화를 갈망하기보다는 한 사람을 더 앉혀두고 술잔 하나를 더 채우는 플러스 원에 지나지 않은 존재로 여기거나 진지한 것과는 거리가 멀어 보였다.

정수는 호프집 밖에서 한참 동안 석기와 준태를 보았다. 그들은 맥주잔을 들고 건배를 했다. 안주를 입에 넣고 난 준태가 입을 열었다 닫기를 반복했다. 준태가 입을 닫으면 석기의 팔이 오르내렸고 좌우로 움직였다. 석기는 휴대폰을 들었다 놓았다. 정수 휴대폰에서 소리가 났다. 그럴 때 준태가 석기를 보며 웃었다. 정수의 휴대폰에서 문자 알림 소리가 났다. 휴대폰을 열었다. 석기가 보낸 문자였다. 오는 중이냐고 물었고 기다리고 있다고 했다. 정수는 답하지 않았다. 정수는 그들을 지켜보았다. 석기의 몸동작이 예사롭지 않았다. 팔은 더 크고 거칠게 움직였다. 목을 굽혔다 펴는가 하면 머리를 좌우로 흔들었다. 준태의 입은 간간이 열렸고 얼굴에서는 웃음기가 사라졌다. 눈을 크게 뜨고 석기를 노려보았다. 준태가 맥주잔을 들었다 놓기를 반복하는가 싶더니 잔이 깨지는 소리가 미미하게 들렸고 그의 손에서 사라졌다. 준태가 바닥을 내려다보았다. 그들의 동작도 일순간 멈췄다. 술객의 뭇시선이 그들에게 향했다. 준태가 출입문 밖으로 나왔다. 정수는 몸을 숨기며 그들의 동태를 살폈다. 준태는 지하철 쪽으로 걸어갔다. 정수의 시선이 다시 호프집을 향했다. 석기는 그 자리에 앉아 있었다. 직원이 맥주를 가득 담은 잔을 석기 앞에 놓았다. 석기는 맥주 한 모금을 들이켠 후 휴대폰을 만졌다. 정수 휴대폰에서 문자 알림 소리가 났다. 석기가 또 보낸 문자였다. 여전히 기다리고 있다고, 오느냐고, 얼마나 기다리면 만날 수 있느냐고. 다른 내용은 없었다. 누구의 잘못인지는 알 수 없지만 술자리에서 벌어진 불미스런 사건을 수습하는 시간이 필요할 텐데도 태연스럽게 문자를 보내다니. 정수를 만난다면 아무 일도 없었던 것처럼 분위기를 잡고 끌고 갈 수 있다는 자신감 때문일까.

정수는 뒷걸음치다 돌아서서 그 골목을 벗어났다. 집으로 가는 지하철을 타고 내렸다. 버스 정류장으로 갔다. 퇴근 때 탔던 버스에 올랐다. 교통카드를 찍고 버스 기사를 힐끔 쳐다보았다. 기사가 입은 물방울무늬의 상의가 눈에 들어왔다. 뒤편 좌석에 앉아 운전대를 잡은 기사에게 몸을 맡겼다. 버스 안은 후덥지근했다. 정류장을 출발한 버스가 서행하며 다음 정류장을 향했다. 옆 차선으로 달리던 버스와 뒤따르던 버스들이 푸른 신호를 받고 정수가 탄 버스를 앞질러 갔다. 추월하거나 앞지른 차들은 정류장에서 승객들이 타거나 내렸고 다음 정류장을 향해 속도를 높였다. 물방울 기사가 운전한 버스는 붉은 신호와 푸른 신호를 두 번 받은 다음에야 앞서 떠난 버스의 정류장에 당도했다.

앞서간 버스는 시야에서 사라졌고, 뒤따르던 차들은 치고 나가며 거리를 벌리다 멀어졌다. 덥고 느린 버스. 물방울 기사가 모는 버스가 정류장을 지나고 신호를 대기할 때마다 정수의 눈동자는 더 커졌다. 정수는 입술도 연신 비틀며 기사를 노려보았다. 급할 건 없지만 견주며 달리기를 바라는 마음뿐인데 운전 습관인지 배차 시간을 맞추려는지. 정수는 몸을 움찔거리며 거친 숨을 쏟아냈다. 운전석 옆 좌석으로 자리를 옮겼다. 창문을 열고 기사를 쳐다봤다. 납작한 얼굴에 콧대가 낮은 기사는 정지 신호가 떨어지자 앞문을 열고 버스 밖으로 나가 담배를 피웠다. 몇 모금 빨고 난 뒤 담배를 비벼 끈 기사는 버스에 올라 운전대를 잡았다. 기어를 만지자 진행 신호가 켜졌다.

흡연 후에도 속도는 여전했다. 정수는 기사의 몸짓을 응시했다. 한동안 노려보았다. 기사가 정수 쪽으로 고개를 돌리다 이내 앞을 보았다. 버스 한 대가 앞질러 갔다. 같은 코스를 타는 버스였다. 물방울 기사는 제한 속도 오십 킬로미터인데도 어린이보호구역처럼 바퀴를 굴렸다. 기사와 눈이 마주쳤다. 날카로웠다. 한 여성이 뒤쪽에서 에어컨 좀 켜달라고 말하자 기사가 에어컨을 켰다. 정수는 뒤를 돌아보았다. 여자는 대여섯이었다. 어린아이가 있었고, 아주머니 같은 여인들과, 아가씨 같은 여자들도 있었다. 누가 에어컨을 켜달라고 요청했는지 알 수 없었다. 정수는 고개를 돌리고 기사를 바라보며 입을 열었다. "왜 천천히 갑니까?" 기사는 말이 없었다. 잠시 후, 기사는 급가속을 했다. 속도를 높이던 기사는 서너 정거장을 지나자 다시 서행했다. 정수는 차창에 어린 자신의 얼굴을 보았다. 혐오스럽게 일그러진 얼굴이었다. 정수를 돌아보는 기사의 얼굴이 차창에 어렸다. 노려보는 것 같았다. 석기의 얼굴이 아른거렸다. 정수는 내리던 정류장에서 내렸다.

정수는 석기를 만났던 호프집에서 준태를 만났다. 석기가 앉았던 자리에 준태가 앉았고 정수는 맞은편에 자리를 잡았다. 술잔을 부딪쳤다. 몇 모금 벌컥거리다 잔을 내려놓았다. 준태는 안주를 잘근잘근 씹고 난 후 먼저 들이켠 것보다 더 많은 술을 단숨에 넘겼다. 잔을 놓은 준태가 입을 열었다.

캬, 아!

이 좋은 술…. 정수 형, 뭐해? 쭉 들지 않고. 석기를 만났을 때도 이렇게 마셨지. 앞에 사람만 바뀌었을 뿐인데 술맛이 그때보다 꿀맛이네. 같은 술을 마시는데도 술맛이 다르다니 흐크큭. 형, 우리 첫 잔 비워요.

크윽, 하!

여기요, 이거 하나 더요. 스트레스 풀기는 술만 한 게 없지. 형, 얼마나 좋아. 알코올이 들어가니까 안에 꿍하고 웅크리고 앉았다가 솟구치던 스트레스가 날아가고. 냉장고에서 술병이 벌벌 떨면서 문 좀 열어달라고 간이 절절하게 원하는데, 불쌍하지도 않아? 그 술병들 꺼내줘야지. 누군가 그랬어. '날씨야 아무리 추워봐라, 내가 옷 사 입나 술 사 먹지'. 으하하, 나도 그래. 술 한 잔 들어가면 몸은 뜨뜻하고 온 세상은 나를 위해 존재하는 것처럼 보여. 분위기까지 들이마시니까. 아, 이 달콤함, 이 황홀함. 술잔을 들고 마시면서 꾸루루룩 캬하 해대는 술맛. 이런 맛을 즐기지 못한 사람은 술집에 올 필요도 없고, 술 마실 자격이 없는 거야.

크흐으, 하악!

어이, 친구, 정수 형. 그래서 하는 말인데 난 더 이상 석기 그 사람하고는 술 마시지 않기로 했어. 술을 즐길 줄 모르는 사람이야. 정수 형, 우리 건배해요.

꾸루룩 꾸룩 꾸루루룩 캬아!

내가 석기 그 사람 그렇게 안 봤는데 눈을 게슴츠레 뜨면서 기분 나쁜 눈으로 날 보더라고. 그러면서 술 먹고 말해봤자 누가 알아주지도 않는다고. 할 말 있으면 맨 정신에 하라고 하네. 그런 말은 우리 마누라가 집에서 할 만한 잔소리에 불과하지. 아니 인격을 모독한 발언이야. 자기가 술 마시자고 불러놓고, 마시면서 이 사람 저 사람 이런저런 얘기라도 하자고 해놓고. 자기는 술 마시고 딴 사람을 비난하면서 내가 토를 달거나 딴 사람을 험담하면 술 먹고 헛소리한다고 입술을 악물었다가 비틀면서 악다구니하는데, 내가 정말 그 인간 역겨워서 술잔을 탁자에 내리쳤지. 글라스가 산산조각나더라고. 그때 그러면서 나온 거야. 꼴 보기 싫어, 정말. 회포 풀자고 술 마시는 건데, 응어리지게 하다니. 내 참, 다시는 그 인간하고 내가 술 마시나 봐라.

꾸루루룩 꾸룩 꾸룩 크아.

형, 술 들어요. 근데 정수 형, 이제 보니 얼굴이 참 썩었네. 머리도 더 빠지고. 스트레스 때문일까? 누가 보면 큰형님한테 겁도 없이 반말 찍찍하고 버르장머리 없이 군다고 하겠네. 어머머 어머 그 말 했다고 갑자기 눈도 커지고 입도 비틀리고 얼굴도 더 시뻘겋게 달아오르고. 순진하기는. 사회생활 그런 낯짝으로 하면 착하게 봐. 정수 형, 착한 사람이라는 말이 칭찬 같지? 천만에. 순해서 막 대해도 되는 사람이라는 뜻이야. 그런 사람들은 대부분 중간이 없어. 극과 극이라는 뜻이지. 누가 싫은 소리 하면 싫어하는 내색을 바로 보여야 하는데, 쌓고 쌓아 뒀다가 한꺼번에 폭발하지. 그런데 형은 그런 것도 없는 것 같아.

캬! 술맛 참 조오타.

석기 그 자식은 내가 싫은 소리 좀 했다고. 술 먹고 재랄을 떠니 어떠니 하던데 나 이제 그 사람하고는 진짜 절대로 술 안 마셔. 술맛 떨어져. 이 좋은 술, 술친구끼리 술주정도 하면서 고주망태로 어깨동무도 하고 휘청거리며 헤어지는 맛도 술맛이거든. 근데 형, 석기 앞에서는 술 마시면서 말도 잘하고 화도 내고 그랬다는데 나한테는 왜 그래? 듣기만 하고.

꾸룩꾸룩꾸룩 캬.

지금 다시 보니까 형, 얼굴이 진짜 썩었네. 관리 좀 해야겠다. 어디 아파?

준태가 잔을 놓고 또 재잘거리자 정수는 자리에서 일어섰다. 출입문 쪽으로 걸음을 옮겼다.

형, 정수, 어디 가? 같이 나가자!

준태 목소리가 점점 크게 울렸지만 정수는 멀어졌다.

정류장에서 버스를 기다리던 정수는 휴대폰으로 셀카를 찍었다. 사진에 찍힌 얼굴을 보았다. 준태가 했던 말 때문이었다. 이 얼굴이 착한 얼굴일까. 썩은 얼굴일까. 착한 데다가 썩어서 만만하게 보인 걸까. 지금 본 얼굴은 어제나 그제나 석 달 전이나 같아 보였다. 일 년이 지나도 그대로일 것 같았다. 두 달 전에도 준태를 만났었다. 술자리에서였다. 둘만 만났었다. 정수가 먼저 전화를 했고 술값도 정수가 계산했다. 그때는 정수에게 '착하다' '썩었다'는 말은 입 밖에 내지 않았었다. 몸속 어느 구석에서 웅크리고 있던 준태 안의 준태가 오늘 얼굴을 내밀고 입을 벌렸는지, 석기를 만나 일전을 벌인 준태 안의 준태가 불쑥 삐져나왔는지는 알 수 없지만 준태가 평가한 자신의 얼굴을 바라보았다. 숨을 거칠게 몰아쉬며 입을 악물다 입술을 비틀었다. 눈을 부라리며 얼굴을 일그러뜨렸다. 휴대폰을 얼굴 가까이 들이댔다. 카메라 셔터를 눌렀다. 사진을 보았다. 정수는 정수를 보았다. 보기 싫었다. 누군가가 사진 속의 정수를 보았다면, 눈이나 입, 찌그러진 낯짝 중 한군데만 보았다고 해도 역한 나머지 끓어오르는 분노를 참지 못했을 것만 같았다. 이런 얼굴을 수많은 사람들에게 보였고, 이런 얼굴로 수많은 사람들을 대했던 지난 날들이 떠올랐다.

집으로 가는 버스를 탔다. 교통카드를 단말기에 대는 순간 버스가 급출발했다. 기사는 제한속도보다 훨씬 빠르게 차를 몰며 다음 정류장으로 향하곤 했다. 내리는 문 쪽에 앉아 있던 정수는 오르는 문 쪽으로 가서 버스 기사를 보았다. 낯이 익었지만 누군지 떠오르지 않았다. 기사를 다시 보았다. 납작한 얼굴, 낮은 코. 이제 보니 그자였다. 제한속도 50에서도 어린이보호구역처럼 달렸던 물방울 기사였다. 정수는 기사를 부른 뒤 눈을 부라렸다. 얼굴을 일그러뜨렸다. 입술을 악물었다. 그런 후 말했다. "기사님, 속도 좀 줄여주세요." 기사는 두세 정류장을 지날 때까지 어린이보호구역처럼 차를 몰았다. 기사는 네 번째 정류장에 도착했고 승객이 내렸다. 차가 출발하려는 순간 청년 하나가 버스를 타려고 달려와 앞문을 두드렸다. 기사는 청년을 그 자리에 세워둔 채 출발했다. 다시 속도를 냈다. 빠르게 몰았다. 정수는 눈을 부라리며 기사를 쳐다봤다. 기사는 정수를 째려보았다.

집 앞 정류장 직전까지 짐짝처럼 끌려가며 인상을 구긴 정수는 버스에 오르기 전 보았던 사진을 다시 보았다. 지난날 자신에 대고 비아냥거리거나 얼굴을 붉힌 자들을 떠올리다 석기에게 전화를 걸었다. 술집에서 그와 대작했을 때 무엇이 문제였는지 물었다. 석기는 말했다. 평소와는 다른 정수의 일그러진 얼굴을 보았다고. 경멸어린 눈빛, 거만한 입술. 그 얼굴이 싫었다고. 정수는 대거리하지 않았다. 전화를 끊었다.

한 정거장을 남겨둔 정수는 더 이상 버스 기사를 바라보지 않았다. 구겼던 인상을 폈다. 버스가 제 속도를 내며 달렸다.

막차를 알리는 버스를 탔다. 얼룩말 기사가 모는 버스였다. 얼룩말 기사가 고개를 돌리며 정수에게 말했다.

"손님, 그날 술까지 마신 데다가 이상한 얼굴로 나를 봤기 때문이었어요."

며칠 후, 집으로 가는 막차를 탔다. 핑크레이디가 타고 있었다. 그녀는 고개를 들고 정수에게 말했다.

"아저씨, 그때보다 얼굴이 고와 보이네요. 그땐 술 냄새도 났고…."

막차에서 내린 정수는 휴대폰의 앨범을 열고 일그러진 자신의 모습을 들여다보았다.

계양산기

✦

주호는 가방을 메고 숲과 함께 계양산의 마지막 여정인 징매이고개로 향했다. 숲을 알게 된 건 4년 전 겨울이었다. 구청 소식지가 주관하는 '제1회 스토리텔링 공모전'의 글을 심사할 때였다. 응모작은 '이백 자 원고지 기준 서른 장 내외 분량이었고, 글감은 계양산과 계양 지역에 관한 역사적 사실이나 설화를 바탕으로 한 소재'였다. 심사위원 세 명은 어렵지 않게 다섯 편을 본선에 올렸는데, 숲이 쓴 글도 예선을 통과했다. 숲의 글은 고려시대 계양도호부사였던 이규보에 대한 내용이었는데 다른 응모작에 비해 깊이가 있었고 문장 또한 매끄러웠다. 최종심에 두 편이 뽑혔다. 그중 한 편은 숲이 응모한 글이었다. 하지만 숲은 밀리고 말았다. 심사기준 때문이었다. 스토리텔링에 부합해야 했지만 숲은 거리가 멀었다. 숲의 글은 채택되지 않았다. 빛을 못 본 숲, 숲은 다음 공모전에서도 최종심에 올랐지만 거기까지였다. 매번 같은 이유였다. 심사위원으로 참여했고 심사위원 대표로 심사평을 썼던 주호는 숲을 기억했다. 심사가 끝날 때마다 숲은 심사위원들의 입길에 올랐다.

제5회 공모전을 몇 달 앞둔 어느 날 주호는 문예창작센터에서 숲의 전화를 받았다. 숲은 심사평을 통해 연락처를 알게 되었다며 상담을 원했다. 주호는 숲의 요청으로 도우미로 나섰다.

숲은 징매이고개에 출몰한 도둑 이야기 집필도 적극 검토하겠다고 했다. 계양산 이야기와 관할 구역에서 일어났던 사건을 좀 더 취재해서 글을 쓰겠다는 말도 했다. 주호는 숲에게 어떤 소재를 선택하라고 강요하지는 않았다. 단지 자신 있는 쪽을 선택하되 스토리텔링에 부합하는 글을 쓰라고 일렀다. 징매이고개의 도둑 이야기는 숲의 선택지 중 하나일 뿐이며 채택 여부는 숲의 재량이다. 완결성이 부족한 이야기일지라도 숲과의 여정과 여정에서 나눈 대화가 집필에 도움 된다면 더 이상 바랄 것이 없다고 말했다.

징매이고개는 마지막 여정이었다. 주호는 계획된 코스가

아닐지라도 숲이 원하는 곳이면 여정에 반영했고, 이야기를 엮어내도록 안내했다.

징매이고개 길을 걸었다. 징매이는 징맹이로 불리기도 한다. 조선시대 고개 너머에 매를 징발했다고 붙여진 이름이다. 한자어 표기는 '경명현'. '현'은 고개 현(峴)이다. 숲과 걷는 이 길은 둘만의 길이 아니었다. 등을 보인 오 미터 전방의 행인들이 방금 걸었고, 상인과 짐꾼과 관리가 지나갔고 도둑도 오르내렸다. 그 모든 발자국을 고을 백성들이 밟고 다지며 걸었다. 지금 그들은 그들의 자취를 따라 걷는다.

둘은 도중 생태공원인 '장미원 가는 길' 이정표 앞에서 걸음을 멈추었다. 주호가 장미원 쪽으로 한 발 내밀자 숲의 신발코도 장미원을 향했다. 그곳으로 향한 이유를 그들은 알고 있었다. 장미원에 서 있는 도호부사를 만나는 것이다. 장미원으로 갔다. 입구에 수문장처럼 도호부사가 서 있었다. 어른 키의 세 배는 거뜬히 넘는 비석이었다. 비석에 비문(碑文)이 있었다. 그들 시선이 비문에 머물렀다.

'나라가 잘되고 못됨 민력에 달렸고…'.

『동국이상국집(東國李相國集)』에 실린 도호부사의 글이었다. 숲은 비문을 등지고 섰다. 숲의 시선이 징매이고개 저편 자오당지(自娛堂址)로 향했다. 자오당지는 삼혹호(三酷好) 선생의 집터이다. 만년에 시와 술과 거문고를 즐겼던 이규보의 집이 자오당이었다.

주호는 가방에서 책을 꺼냈다. '계양산 이야기'를 엮은 책이었다. 책장을 넘긴 주호는 이규보와 자오당에 관한 내용 일부를 숲에게 들려주었다.

고려 때 계양도호부사(桂陽都護府使)로 좌천된 이규보는 계양산 서쪽 기슭 남쪽 봉우리 아래서 살았다고 합니다. 지금은 터만 남았지만, 저기 보이는 북인천중학교 위쪽 고양골체육관 양궁장 잔디밭에 집이 있었는데, 그 집에서 식솔과 함께 열 석 달 동안 살았답니다. 이규보는 그 집을 '스스로 즐거워하는 집'이라는 뜻으로 자오당(自娛堂)이라 지었죠. 이규보는 『자오당기(自娛堂記)』에 깊은 산 갈대숲에 한쪽이 무너져 내려, 마치 부서진 달팽이 껍질같이 생긴 집이 지방행정의 최고 책임자인 태수의 거처였다. 집은 집인데 겨우 대들보와 기둥만 세워놓은 집이었다. 머리는 들기가 불편하고 무릎을 펴기 힘드니 무더운 여름철엔 시루에 들어앉아 한증이라도 하는 듯했다. 모든 가족이 살기를 꺼려하는 집이었지만 집 안을 깨끗이 치우고 기거했다고 썼어요. 중앙에서 지방으로 좌천된 비교열위가 주거지에 투영된 걸까요. 계양부사로 재임할 때 겪었던 계양의 자연과 지리, 풍속과 생활 등을 『자오당기』와

『계양망해지(桂陽望海誌)』에 담아낸 이규보는 시벽(詩癖)에 걸린 문학가이기도 했습니다. 팔 천수가 넘는 시를 쓴 시인. 그가 남긴 작품 중 「동명왕편(東明王篇)」은 282구에 이르는 장편 서사시로 고구려 건국신화를 웅장하게 서술했죠. 문학 교과서에도 많이 등장한 문인인데, 그 유명 작가가 계양에 살았습니다.

주호의 말이 끝났는데도 숲은 오래도록 자오당을 응시했다.

지난 여정은 계양산의 군자봉과 그 주변이었다. 군자봉 정상에서 주호는 숲을 안내했다.

계양산은 계양의 진산(鎭山)이고 주산(主山)입니다. 수주였을 때는 수주악(樹州岳), 안남도호부였을 땐 안남산(安南山)으로 불렀는데, 계양산은 계양도호부 때부터였습니다. 우리가 서 있는 군자봉의 다른 이름은 명장군봉입니다. 가장 높은 봉우리죠. 어깨를 맞대고 있는 왼쪽 봉우리는 옥녀봉입니다. 저편 꽃 같은 봉우리는 꽃뫼봉(花山峰)이고. 선인들은 이곳을 범상치 않은 장군이 옥 같은 여자와 노닌 명승지로 여겼습니다. 강화도 마니산(摩尼山)은 계양산의 형이라는데, 그 마니산의 반 조각이 떠내려와서 계양산이 되었답니다. 전설입니다.

말이 끝나자 숲은 이마를 짚는가 하면 얼굴을 일그러뜨리며 목덜미를 긁적거렸다. 이내 눈을 크게 뜨고 동쪽을 향해 고개를 돌렸다. 숲이 그랬다. 태양은 지금 머리 위에 있지만 해마다 초하루 새벽이면 사람들은 정동진이나 호미곶, 보신각 대신 일출을 보려고 이곳에 왔다고. 한강 저편에서 봉우리를 딛고 하늘로 솟는 태양을 보며 한 해의 소원을 빌었다고. 숲은 두세 걸음 움직였다. 새해 첫날 새벽, 여기 서서 일출을 보았다고 말하며. 두 손을 모으고 기도했다.

그 아침 그 태양이 떠올랐던 순간을 상상하며 소원을 비는 걸까.

주호는 사방을 주시하다 계양산 어귀에 자리한 장기동을 가리키며, 그 마을과 그 마을의 황어장에 얽힌 이야기를 펼쳤다.

옛날 황어장은 닷새마다 열리는 장시(場市)였다. 곡물, 잡화, 소를 팔고 샀다. 우시장은 전국에서 오르내리며 거래를 할 만큼 유명했다. 장이 열릴 때마다 소 거래량이 오륙백 두에 달했다. 1919년 3·1운동 때였다. 장날이었다. 황어장에 수백 명이 모여 만세를 부르며 독립을 외쳤다. 한강 서쪽 지역에서는 가장 큰 규모로 전개된 만세운동이었다. 그 중심에 심혁성(沈爀誠)이 있었다. 오리울에 사는 심혁성은 태극기를 흔들고 '대한독립만세'를 외치며 군중을 이끌었다. 장을 보던 주민들도 만세에 동참했다. 그러자 부내 경찰관 주재소의 일본 순사들이 허리에 칼을 차고 황어장에 나타났다. 순사들은 닥치는 대로 칼을 휘둘렀다. 선봉에 섰던 선주지리의 이은선은 순사들이 휘두른 칼에 찔려 죽고 말았다. 주민들 상당수가 부상을 입었다. 비보는 삽시간에 퍼졌다. 이담, 최성옥, 전원순, 이공우 등 천도교인, 기독교인과 농민은 주재소를 찾아가 진실을 규명할 것과 살인자를 처단하고 책임자에 대한 처벌을 촉구했다. 주민들은 면사무소를 습격하고 친일 기관을 응징했다. 심혁성은 만세운동 주모자로 체포되었고 옥에 갇혔다. 장기리에 사는 임성춘을 비롯한 주민 삼 백여 명은 심혁성 방면 운동을 전개했다. 이때 마흔 명 넘게 체포되었고 모진 고문을 당했다.

심혁성은 여덟 달만에 감옥에서 나왔다. 옥고를 치룬 심혁성은 전답과 집을 팔아 생필품을 장만했고, 장터에서 빈민들에게 나누어 주었다. 만주를 왕래하며 애국지사들과 독립운동에 가담하기도 했다. 그랬던 심혁성은 말년에 산골에 은신하며 약초와 나물로 연명했다. 만세운동에 적극 가담했던 서른세 명의 후손 일부는 황어장 주변에 살고 있다. 황어장. 지금은 터만 덩그러니 남아 있다. 장기동의 옛 이름은 황어향

(黃漁鄕)이었다. '황어(黃漁)'는 한강에서 굴포천과 천등천을 따라 올라온 잉어(鯉漁)의 명산지여서 그렇게 불렸다. 장기동(場基洞)은 장터가 있는 마을이다.

숲의 눈동자는 크고 맑고 빛났다.

그 마을과 황어장을 그리는 눈일까.

주호와 숲은 서쪽으로 시선을 돌렸다.

청라, 영종대교, 아라뱃길, 덕적도와 서해안의 섬들, 남산, 한강….

시선이 한강에 머물렀을 때 주호는 이규보가 계양도호부사로 오는 길에 한강 하구 조강나루[祖江津]를 건너면서 쓴 『조강부(祖江賦)』의 일부분을 언급했다.

이 몸은 지금 귀양 가는 길인데, 이 험한 강물을 만났구나… 비록 오마(五馬)의 기병대가 좋다고 할지라도 진실로 내가 바란 것은 아니라네….

주호와 숲은 장군봉을 내려와 동쪽 기슭 해발 이백이 미터 봉우리의 팔각정에서 사방을 보았다. 양천고성, 행주산성, 계양, 부평, 부천, 강서, 한강 유역….

주호는 팔각정을 내려와 위쪽으로 걷다가 돌아섰다. 숲이 다가왔다. 주호가 길 오른쪽 둔덕을 가리키며 말했다.

저 돌담 보이죠? 산성의 석축인데, 몇 단이 보이나요? 아홉? 열? 아뇨, 열 한 단입니다. 184미터에 달하는 산성 중 일부를 우리가 보고 있는 거예요. 모양을 갖추고 남아 있는 석축은 이곳뿐이죠. 이 산성은 백제가 쌓았고, 고구려와 신라가 다시 쌓고 보수했던 고산성(古山城)입니다. 세 나라는 평지에 왕성을, 산지에는 산성을 쌓아 적의 공격에 대비했습니다. 적들이 몰려오면 들을 비워 적의 물자 공급을 끊고 산성에서 대항하는 청야수성(淸野守成)의 전술을 펼쳤죠. 고조가 백제 백성으로 쌓고, 증조가 고구려 백성으로 다시 쌓고, 손자가 신라 백성으로 보수한 산성입니다. 여기서 우린 무엇을 떠올려야 할까요? 나라의 부역으로 산성을 쌓고 고쳤던 고조와 증조와 다음 세대들의 숨은 이야기를 찾을 수 있는지….

숲은 메모를 했다.

숲과 함께 징매이고개로 향했다. 고개를 넘고 생태 터널을 빠져나왔다. 부대 앞에서 공촌사거리로 가는 버스를 타고 내렸다. 버스가 지나왔던 경명대로 변을 걸었다. 징매이고개에 다다르자 인적이 끊겼다. 주변은 우거진 숲이었다. 주호는 잠시 후 계양산의 도둑 이야기가 전개된다고 말했다.

연희진에서 서울로 가는 최단 거리 코스는 징매이고개 길이었습니다. 서울로 가려는 사람들, 서울로 가야 하는 짐을 실은 전라도와 충청도의 범선이 서해안 뱃길 따라 연희진에 당도했고, 하선한 사람들은 이 고개를 넘었습니다. 조정의 세곡창고가 있는 서구 원창동 환자곶에서도 세곡을 등에 지고 말에 얹고 넘어야 했습니다. 고갯길은 지름길이었지만 사람들은 쉽게 넘을 수 없었습니다. 화적(火賊) 때문이었습니다. 화적들에게 물건을 몽땅 빼앗기거나 화적들이 제시한 통행료를 그들에게 뜯겨야만 고개를 넘을 수 있었죠. 탈 없이 고개를 넘으려면 천 명이 함께해야 가능했습니다. 그래서 징매이고개는 천명고개라고도 했고, 임꺽정고개로 불리기도 했답니다.

둘은 숲으로 갔다. 길 없는 길을 따라 울창한 숲으로 들어갔다. 아름드리나무 숲을 지나자 바위가 있었다. 주호는 숲과 함께 바위에 올랐다. 바위 아래는 풀이 우거진 평지였다. 주호가 평지를 가리켰다.

여기 이쯤이 도둑들의 은신처였어요. 이제 그 이야기 속으로 함께 들어가겠습니다.

숲속에 늙은이가 살았는데 그 늙은이는 벽초 홍명희의 소설 『임꺽정』 시리즈 전 10권 중 제2권 '피장 편'의 등장인물인 그 늙은이예요. 도둑 이야기를 하려면 홍길동, 장길산과 더불어 조선시대 3대 도적 중 한 사람인 임꺽정이 양주를 떠난 이후부터가 좋겠네요.

꺽정이 양주를 떠나 한강 하류를 건너 김포에 당도했다. 발산리에서 당하리로 가는 길을 걸었다. 초행이었다. 당하리에 도착한 꺽정은 행인에게 구슬원이 어딘지 물었다. 구슬원은 검암리의 역원(驛院)인데, 공무로 출장 간 사람들에게 숙식을 제공하는 곳이었다. 행인은 부평 쪽으로 팔을 뻗으며 십리 절반은 더 가야 한다고 말했다. 꺽정은 행인이 가리키는 곳으로 향했다. 숲속 오솔길을 걸었다. 나무가 하늘을 가린 탓에 대낮인데도 음울했다. 오 리쯤 걸었을까. 가던 길을 멈춘 꺽정은 산 중턱 소나무에 올라 내려다보았다. 지근거리에 초가가 있었다. 지붕이 엉성한 집이었다.

꺽정은 초가로 갔다. 주막이었다. 백발의 늙은이가 있었다. 늙은이는 마당에 멍석을 깔고 앉아 볏짚으로 맷방석을 꼬고 있었다. 꺽정이 다가가자 늙은이는 머리를 들고 흠칫 놀라더니 이내 눈을 매섭게 떴다. 눈빛이 예사롭지 않았다. 꺽정은 길을 잃었다고 말한 후 잠시 쉬었다 가면 좋겠다고 말했다. 늙은이는 봉당 쪽으로 턱짓을 했다. 꺽정은 봉당마루에 앉아 늙은이에게 구슬원의 위치를 물었다. 늙은이는 거길 가려면 아직 멀었다고 말했다. 한동안 잠잠했다. 꺽정은 또 물어볼 말이 있다며 말을 걸었다. 얼마 전에 검술 배우러 왔다가 상투만 잘리고 간 자가 있는지 물었다. 누가 상투를 잘랐는지 궁금하다고 했다. 늙은이의 시선은 맷방석을 꼬는 자신의 손에 머물렀지만 바로 반응을 했다. 그런 얘기는 못 들었고 나는 모른다고. 늙은이는 맷방석 일에만 몰두했다. 꺽정은 늙은이가 엉덩이 옆에 쟁여둔 볏짚을 봉당 쪽으로 슬그머니 끌고 왔다. 기둥을 들어 올리고 볏짚을 쑤셔 넣었다. 그러고는 턱을 괴고 봉당마루에 모로 누웠다.

늙은이는 좌우로 손을 뻗는가 하면 고개를 돌리며 사방을 두리번댔다. 눈을 크게 뜨며 꺽정에게 다가왔다. 기둥에 깔린 볏짚을 가리키며 물었다. 어이, 너가 이랬니? 꺽정은 늙은이의 표정을 살폈다. 놀란 얼굴이었다. 늙은이는 볏짚을 제자리에 두라고 했다. 꺽정은 왼팔로 기둥을 들고 오른발로 볏짚을 밀었다. 늙은이는 입을 벌리며 꺽정을 응시했다. 어디서 왔니? 꺽정은 손을 털며 마루에 앉았다. 양주에서 왔다고 했다. 꺽정에게 다가갔다. 너희 아버지가 관 푸주 일하니? 꺽정은 고개를 끄덕이며 그렇다고 대답했다. 늙은이는 꺽정의 손을 덥석 잡았다. 참으로 장사구나, 하늘이 낸 장사야! 천하장사를 여기서 보다니 허허허….

아름드리나무도 뿌리째 뽑아버린다는 장사가 양주에 산다는 소문을 듣고 그 장사를 한번 보고 싶었다. 늙은이는 하얗게 웃었다. 헌데 아까 뭘 물었지? 아, 상투를 누가 잘랐냐고? 그 사람을 만나고 싶어서 여기까지 온 거야? 만나서 뭐하게? 꺽정은 그 사람에게 검술을 익히고 싶다고 대답했다. 늙은이는 껄껄 웃었다. 검술? 내가 그 사람을 아는데 며칠 있으면 만나보게 될 거야. 늙은이는 하던 일에는 아랑곳하지 않았다. 꺽정의 어깨를 거듭 두드리고 손을 만지작거리며 내 집에서 원 없이 머물다 가라고 했다.

저녁을 먹고 난 늙은이는 꺽정과 함께 달빛어린 평상에 앉았다. 늙은이가 말했다. 평산 박연중에게 갖바치에 대한 말을 들었는데 입에 침이 마르도록 칭찬하더구나. 그런데 그에게서 무엇을 배웠느냐? 꺽정은 병서(兵書)를 배웠는데 글을 모르니까 이야기로 배웠다고 했다. 분위기가 무르익고 밤이 이슥할 무렵이었다. 늙은이는 다녀올 데가 있다며 밖으로 나갔다. 꺽정은 잠을 청했고, 혼곤한 잠에 빠져들다 깼다. 잠에서 깬 건 문밖에서 난 소리 때문이었다. 알 수 없는 물체가 둔탁하게 떨어지는 소리와 낯선 사람의 목소리, 늙은이의 목소리도 들렸다. 늙은이는 방으로 들어왔다. 꺽정은 눈을 감았다.

이른 아침이었다. 꺽정이 방문을 열고 밖으로 나갔다. 부엌문 앞에 쌀가마니가 놓여 있었다. 늙은이가 꺽정의 뒤통수에 대고 말했다. 나 혼자서는 고사리를 뜯어 먹든 칡을 캐 먹든 대충 먹어도 연명할 수 있지만 꺽정은 그럴 수 없잖아. 어제 저녁 먹을 때 알아봤다. 뱃구레는 큰데 양은 적어서 한 톨이라도 입에 더 넣으려고 그릇을 갈그락 걸그락 긁어대더구나. 배는 채워야 하니 내가 아는 사람한테 어제 밤에 쌀 좀 얻어 왔니라. 저걸 광에 좀 갖다놓아라. 꺽정은 쌀가마니를 한 팔로 번쩍 들어 광에 넣었다. 늙은이는 입을 함지박만큼 벌렸다. 과연, 하늘이 내린 장사야!

꺽정이 주막에 온 지 일주일째였다. 늙은이는 어딜 좀 다녀오겠다고 말하며 나갔지만 돌아오지 않았다. 나흘째 접어든 새벽녘에야 이슬에 젖어 돌아왔다. 늙은이는 그동안의 행적에 대해서는 입을 다물었다.

꺽정이 주막에 온 지 열흘하고도 사흘이 더 흘렀다. 꺽정은 검술하는 사람을 만나 검술을 배워야 한다며 늙은이를 재촉했다. 늙은이는 오늘 밤에 그자를 만나게 해주겠다며 입가에 미소를 지었다. 달빛이 기우는 밤이었다. 늙은이는 꺽정을 뒷마당에 세웠다. 잠시 후 그 무인이 나타날 거라고 말했다. 꺽정은 달빛에 물든 숲과 남새밭을 두리번댔다. 풀벌레 소리만 가득했다. 꺽정이 나뭇가지에 걸린 달을 바라보고 있을 때였다. 등 뒤에서 누군가가 옷깃을 들어올렸다. 뒤를 돌아보았다. 복면에 검은 옷을 입은 자였다. 그는 순식간에 숲으로 내달렸다. 꺽정은 숲을 응시하며 그를 뒤쫓았다. 그러나 그는 온데간데없었다. 꺽정이 집 뒤울로 다시 왔을 때였다. 숲속으로 사라졌던 자가 뒷마당에서 막대기를 짚고 서 있었다. 꺽정은 그에게 다가갔다. 그의 눈빛은 날카로웠고 이글거렸다. 그가 말했다. 검술 하는 사람을 만나고 싶으냐? 그렇다고 대답한 꺽정은 머리를 갸우뚱거렸다. 낯익은 목소리 같았지만 우렁찼고 거칠었다. 그가 또 말했다. 내가 검술 하는 사람이다. 그는 꺽정의 이름을 물었다. 꺽정이 이름을 밝히자 그는 자신을 잡아보라고 말한 후 순식간에 기둥을 타고 지붕에 오르더니 모습을 감추었다. 쿵 하는 소리가 났다. 앞마당에서 난 소리였다. 꺽정은 앞마당으로 내달렸다. 그가 마당에서 팔짱을 낀 채 서 있었다. 사뿐사뿐 걸어서 그에게 다가갔다. 그는 여전히 복면이었다. 꺽정이 눈앞에 이르자 그가 말했다. 너는 내게 무엇을 보여주겠느냐? 꺽정은 숲을 바라보았다. 아름드리나무가 빽빽한 숲이었다. 숲으로 갔다. 아름드리나무 옆에 섰다. 손을 뻗고 나무를 밀었다. 나무는 우지직거리는 소리와 함께 힘없이 쓰러졌다. 손을 털며 마당으로 왔다. 복면을 한 자가 마당 가운데 섰다. 그만하면 됐다. 그가 복면을 벗었다. 늙은이였다. 첫 대면 때 눈빛이 예사롭지 않아 보였지만 검술 하는 사람인줄 몰랐다고 꺽정은 말했다. 늙은이는 호탕하게 웃으며 기울어가는 달빛을 바라보았다.

다음 날이었다. 느지막하게 아침을 먹고 난 늙은이는 방 아랫목에 가부좌를 틀고 앉았다. 꺽정은 윗목에서 무릎을 꿇고 앉았다. 늙은이가 헛기침을 두어 번 내질렀다. 너에게 검술을 가르치기 전에 몇 가지 다짐받을 게 있다. 꺽정은 대령했다. 늙은이가 말했다. 하나는, 죄 없는 사람을 해치지 말아야 한다. 지킬 수 있겠느냐? 또 하나는, 재물을 탐하여 칼집에서 칼을 빼면 안 된다. 또 다른 하나는, 여색을 탐하여 칼을 쓰지 말아야 한다. 마지막으로, 이유 없는 증오와 쓸데없는 객기로 칼을 쓰면 안 된다. 꺽정은 늙은이가 제시한 네 가지를 모두 지키겠다고 말하며, 탐관오리는 죄가 없는지 물었다. 늙은이는 배시시 웃었다. 탐관오린데 죄가 없겠느냐? 꺽정도 웃음을 더했다. 늙은이는 꺽정을 제자로 받아들였다. 늙은이는 나무칼 두 자루를 만들어서, 한 자루는 자신이 쥐고 또 한 자루는 꺽정에게 쥐여주며 검술 훈련에 돌입했다. 나무칼에 불과했지만 일대일 대적하기, 여럿 상대하기, 막고 찌르기, 담력과 집중력 훈련 등 주막을 찾는 행인이 뜸할 때면 낮밤을 가리지 않고 주막 마당과 음울한 숲에서 꺽정을 가르쳤다. 꺽정의 검술도 날이 갈수록 몰라보게 늘었다.

무술 연마에 돌입한 지 일 년째 되는 밤이었다. 앞마당에서 늙은이와 대련을 끝낸 꺽정은 나무칼을 토방마루에 내려놓고 진짜 칼을 사용하면 좋겠다고 했다. 늙은이는 지그시 웃었다. 꺽정과 함께 방으로 갔다. 늙은이는 장롱 깊숙한 곳에 손을 넣고 칼을 꺼냈다. 장도(長刀) 두 자루와 단도(短刀) 한 자루였다. 손잡이가 붉었다. 칼을 사이에 두고 앉았다. 늙은이는 칼집에서 칼을 뺐다. 칼날이 번뜩였다. 늙은이와 꺽정은 긴 칼을 하나씩 손에 쥐었다. 짧은 칼은 마루에 두었다. 그들은 칼을 들고 마당으로 나가 마주 보았다. 서로를 응시했다. 늙은이가 칼날은 배려가 없다고 말하며 꺽정의 목과 가슴을 겨누었다. 그 순간 꺽정도 칼을 내밀었다. 늙은이의 가슴팍을 파고들었다. 늙은이는 뒷걸음질을 하며 꺽정의 어깨를 향해 칼을 뻗었다. 칼과 칼이 부딪치며 불꽃이 일었다. 찌르고 막고 상대를 노리는 칼의 슴베에서 소리가 났다. 칼 울음소리가 숲속 주막에 울려 퍼졌다. 땀방울을 떨어뜨리며 공방전을 펼쳤다. 늙은이가 이마에 흐르는 땀을 훔치며 말했다. 꺽정의 칼솜씨가 나를 능가할 정도구나! 오늘은 그만하자. 마루에 앉은 꺽정은 늙은이가 놓아둔 단도를 만지작거렸다. 늙은이가 부엌에서 두리기상을 들고 왔다. 상에는 막걸리가 담긴 주전자와 양은 사발, 마른 멸치가 놓여 있었다. 늙은이는 사발 하나에 막걸리를 붓고 꺽정에게 권했다. 꺽정은 늙은이의 사발에 막걸리를 부었다. 늙은이는 막걸리를 단숨에 들이켰다. 늙은이는 단도를 손에 들고 옛날이야기나 좀 하자며 칼집에서 칼을 뺐다.

늙은이는 칼날을 응시하며 이야기를 꺼냈다. 나는 서울 사람이야. 외소군관(外所軍官)에 있을 때였는데 삼포왜란이 났어. 그때 나는 방어사 황형의 부하였고, 제포대전 때였는데 우리 부대가 선봉 부대야. 나는 석전군(石戰軍)을 시켜서 산 위에 있는 적병이 내려오지 못하게 지시하는 역할을 맡았어. 그런데 나는 본연의 임무를 저버린 거야. 가까이 내려오는 적병들의 목을 내가 베고 말았어. 결과적으로 방어사의 지시를 어기고 공을 탐한 죄인이 되고 말았지. 군령을 어긴 죄로 처형될 상황이었는데, 때마침 산 위에 있던 적진이 산산이 흩어지면서 바닷가로 도망가는 거야. 그러니 어쩌겠어. 도망가는 그놈들부터 잡으러 가야지. 처형장에 나만 달랑 세워두고 그놈들 잡으러 가니까 그 틈에 도망을 친 거야. 장도 두 자루하고 단도 하나를 들고 거기서 탈출했지. 그때 칼을 들고 어디가 어딘지도 모르고 달리다가 숨다가 걷다가 초가가 한 채가 보여서 그 집 창고로 들어갔지.

창고에다 군복을 벗어두고 빨랫줄에 널린 빨래를 몰래 걷어서 입고 정처 없이 또 걸었어. 산나물을 캐 먹으면서 전전하고 걸식하다가 서울로 갔는데, 숨어 살았지. 그러고 살았는데 이웃 중에 누가 내 정체를 알았는지 포도청에 밀고를 했단 말이야. 포졸들이 내가 사는 집을 에워싸고 난리가 났어. 그래서 뒷문을 살짝 열어놓고 땔감 속에서 몸을 움츠리고 있었지. 아니나 다를까 포졸들이 뒷문으로도 잡으려 들어왔는데 땔감을 지나친 거야. 그때 도망쳐버렸어. 갈 데가 마땅찮아서 성황산성 근처 숲속에서 한 이틀 잠자고, 산에서 산으로 전전하다가 운달산 근처 화적굴로 들어갔는데 거기서 두목이 되었지. 이 년쯤 됐을까. 산을 내려와서 몇 달 동안 떠돌이로 살았는데 이건 아니다 싶어서 계양산 적굴로 들어갔어. 화적 노릇을 하면서 두목까지 했지. 그러다가 늙어가고 그래서, 그 핑계로 화적질을 그만두고 이 주막에서 살고 있는 거지. 여기 온 지도 오륙년 되긴 했는데, 아직까지 쌀하고 고기를 보내주면서 양식을 대다시피 한 사람들이 있어. 계양산 화적들이야. 그 친구들도 다급하면 이 늙은이한테 도와달라고 부탁할 때가 있는데 모른 체할 수가 있어야지. 그래서 가끔 다녀오기도 해.

이야기를 이어가던 중 주호에게 전화가 왔다. 전화를 건 사람은 구청 스토리텔링 심사 관련 담당자였다. 전화를 받았다.

네, 심사위원이요? 아, 그게 좀… 이번에는 기피하겠습니다. 처음부터 계속 불러주셨는데 올해는 참여하면 안 될 것 같아서요. 예, 아, 뭐라고 말씀드려야 할지. 잘 아는 사람이 이번 스토리텔링 공모전에 투고한다고 해서. 제가 심사위원으로 참여하기는 좀 그렇겠네요. 다음에 불러주시면 기꺼이 응하겠습니다. 네네.

전화를 끊었다.

근데 좀 전에 어디까지 말했죠? 청병할 때가 있어서 가끔 다녀온다고? 아 그랬죠. 귀담아들었군요. 계양산에는 명화적(明火賊)이 있는데 지금껏 버티고 있는 건 부평부사와 친분이 있었기 때문입니다.

늙은이의 말은 계속됐다.

어느 날 나이 젊은 부평부사가 고려 때 이규보가 자주 들렀던 계양산 명월사라는 절에 가려고 하니 이방이 계양산에는 만일사가 좋다고 아뢰었어. 부사가 그 이유를 물은 거지. 그랬더니 이방이 명월사에는 화적당의 출입이 잦아서 봉변을 당할까 염려스럽기 때문이라고 대답한 거야. 이 말에 부사가 입술을 앙다물고 눈을 부라리면서 장교와 군노를 데리고 가서 화적당을 소탕하라고 지시를 내렸어. 그런데 이 사실을 누가 화적당에 밀고를 한 거야. 화적당은 단단히 준비를 했어.

관군하고 붙었는데 화적당 칼솜씨가 어찌나 출중했던지 장교하고 군노들은 오줌을 질질 싸고, 꼭지가 떨어져 나간 벙거지를 쓴 채 뒷걸음치며 내빼는 거야. 꺽정이 여기 온 지 며칠 안 됐을 땐데 내가 그때 화적당을 마지막으로 도와줬어.

늙은이의 과거 행적은 여기까지였다.

이후 엿새가 흘렀다.

늙은이가 꺽정과 뒷마당에서 칼춤을 추고 있을 때였다. 입이 큰 젊은 남자가 숨을 몰아쉬며 주막으로 달려왔다. 그는 마른침을 삼키며 늙은이에게 벙거지 꼭지를 벤 사건이 탄로가 났다고 말하며 여러 말을 했다. 부사가 방방 뛰고 얼굴이 새파래지면서 누군가가 화적당과 내통한 사람이 있을 거라며 색출하라고 지시를 했다는 말. 향교마을에 사는 농군 하나가 걸려들었는데 곤장을 맞고 혼이 나서 불고 말았다는 말. 구슬원 근처 외딴 주막 늙은이가 검술이 출중하다고 화적당이 침이 마르게 칭찬하는 것을 들었다고. 오늘밤에 장교하고 군노가 스무 명 넘게 주막으로 오는데, 우리 대장이 주막을 치우고 오시란다는 말까지 전했다. 고개를 끄덕이며 젊은이를 보냈다.

늙은이는 이른 시각에 저녁상을 차렸다. 꺽정과 함께 상에 앉은 늙은이는 우리도 이제 작별할 시간이 된 것 같다고 말하며, 주막은 불질러버리고 계양산 화적당으로 들어가겠다고 했다. 꺽정이 늙은이를 모시고 가겠다고 했지만, 늙은이는 너까지 그곳에 발 들일 필요가 없다고 말하면서 단도를 장롱에서 꺼냈다. 칼집에서 칼을 빼든 늙은이가 칼날을 응시하며 말했다. 칼날을 보아라. 명장이 아니면 이렇게 만들 수가 없다. 번쩍번쩍 빛나고 예리하지 않느냐. 가히 반할 만하지. 내가 이 칼 이름을 '장광도(長光刀)'라고 지었다. '영원히 빛나는 칼'이라는 뜻이지. 아끼던 칼인데 내가 이 장광도를 너에게 주마. 장광도를 손에 쥘 때마다 나를 생각하고 네가 처음 검술을 배울 때 했던 맹세를 잊지 말아야 한다. 떠날 채비를 한 늙은이는 주막을 불태우고 그곳을 벗어났다. 꺽정은 징매이고개를 넘어갔다.

징매이고개 도둑 이야기는 여기까지였다. 이야기를 끝낸 주호는 숲과 함께 꺽정이 걸었던 징매이고개 길을 걸었다.

징매이고개를 넘어온 주호는 자오당지 쪽으로 걸어가는 숲을 보았다.

숲을 본 지 다섯 달째 접어든 저녁 무렵, 관내 구청에서 발행하는 소식지가 아파트 현관 우편함에 꽂혀 있었다. 출근할 때는 아파트 관리비 청구서 뒤에서 목만 내밀고 있었는데 지금은 상체를 모두 드러내며 누군가의 손길을 기다리는 것 같았다. 지나쳐버리면 내일 저녁까지, 내일도 지나치면 모레 밤 늦게까지 있었던 자리에 있거나 아니면 있었던 자리에서 얼굴도 드러내지 못하고 현관 밖 쓰레기 분류함에 투입되는 것은 아닐까. 그래도 꺼낸들 별다른 내용도 없을 거라는 생각에 지나쳤다. 엘리베이터로 향하던 주호는 뒤돌아섰다. 숲이 떠올랐기 때문이다. 현관으로 다시 걸었다. 우편함에서 소식지를 꺼냈다. 지난 호보다 두껍고 무거웠다. 책장을 넘겨 차례를 보았다. 스토리텔링 공모 당선작을 발표했다. 당선자는 자오당에 대해 스토리를 전개한 숲이었다.

환각의 도시, 그리고 섬

✦

부산 완월마을 약국에서 전화가 왔다. 정도가 잃어버린 소설 원고를 찾았다는 전화였다. 그 원고를 찾다니. 오래전 대학 시절 약국에서 기숙하고 아르바이트하면서 완월마을을 배경으로 장편소설을 썼는데 그중 뒷부분의 절반가량을 분실하고 말았다.

약사님은 원고를 택배로 보내주면 되겠느냐고 물었지만 분실 염려도 있고, 그 소설 마무리를 위한 취재도 필요해서 찾아뵙고 받겠다고 했다.

약국에 들어서자 약사님이 카운터 서랍에서 소설 원고를 꺼내며 정도에게 건넸다. 원고는 약국 맞은편 건물 3층 옥탑방 옷장 뒤에서 나왔다고 했다. 옥탑방은 정도가 머물렀던 방이었다. 졸업 후 군 입대를 계기로 아르바이트를 종료하면서 그 방을 나왔다. 책이며 옷가지 등을 골판지 박스에 포장해서 화물회사를 통해 고향으로 보냈는데 원고의 행방이 묘연했다. 전역 후 옥탑방에 들러 찾아도 봤지만 눈에 띄지 않았다. 이후 다른 소재로 소설을 썼고, 소설 쓰는 사람이 되었다. 완월마을에 대한 장편은 완성하지 못한 터였다.

정도가 원고를 확인하자 약사님은 잘 읽었다고 하며 동네 사정을 이야기했다. 정도가 약국을 떠날 시점에 밤업소가 문을 닫기 시작했고, 최근 이 지역이 재개발 구역으로 묶여서 약국도 약국 소유인 맞은편 건물도 비워야 한다고 했다. 약사님과 사모님은 건물 2층에서 세 들어 살았던 미주와 애리, 그리고 가끔 완월마을에 출현했던 공 도사 얘기도 들려주며 정도가 몰랐던 사실과 정도가 완월마을을 떠난 이후 그들에 대한 이야기를 했다. 미주와 애리가 밤업소에서 근무했던 것 같더라는 말까지.

정도는 원고를 들고 약국 맞은편 건물 2층으로 갔다. 방문을 열었다. 텅 빈 방이었다. 벽에는 미주가 쓴 낙서가 있었다.

'애리야, 나 먼저 나간다. 위에 그린 섬, 용전리 가서 약초도 구하고. 미주'.

정도는 미주의 그림과 글을 휴대폰에 담았다. 그러고 나서 원고를 창틀에 놓고 그들에 대한 이야기를 폈다.

완월마을에 출현한 공 도사

토요일 오후였다. 완월마을 골목에서 목탁이 울렸다.

탁탁탁….

같은 음색이었다. 목탁 소리와 함께 뜻 모를 주문(呪文)소리가 났다.

탁탁탁탁 탁탁탁탁

사다야 도로도로 미연제 마하 미연제 다라다라

다린 나례 새바라 자라자라 마라미마라

탁탁탁탁 탁탁탁탁

아마라 몰제 예혜혜 로계새바라 라아미사미

나사야 나베 사미사미 나사야 모하자라

…

이런 소리는 미주와 애리가 머물고 있는 방까지 들렸다. 미주와 애리는 창문을 열고 밖을 내다보았다. 수염이 긴 남자가 가사를 걸치고 바랑을 짊어진 채 목탁을 두드렸고 주문 외는 소리를 냈다. 남자 옆에는 일행이 있었다. 여자와 남자였다. 여자는 홍치마에 백색의 장삼을 둘렀고, 남자는 검정 두루마기를 입고 징을 들었다. 그들은 수염 긴 남자가 바라보는 곳을 주시했다.

애리가 말했다.

"저 사람들 몇 년 전에 이 동네서 한두 번 본 적 있는데 언니도 알지? 여자는 무당인지 무슨 보살이라고 하는 것 같던데 신기를 타고났대. 징 든 남자는 징잽이고. 수염 기른 저 남자는 도사래. 도사는 못 보는 게 없고 못 하는 것도 없대. 관상도 잘 보고, 사람도 잘 꿰뚫어 보고, 진단도 하고 치료도 잘하고. 아참 언니, 몸이 맨날 안 좋다고 끙끙대잖아. 저 사람들 부를까?"

"그럴까?"

목탁과 주문 외는 소리가 연이어 났다.

탁탁탁탁 탁탁탁탁

미사미 나사야 호로호로

탁탁탁탁 탁탁탁탁

보오자 보자 보자 보자

누가 답답한가 보오자

탁탁탁탁 탁탁탁탁

보오자 보자 보자 보자

누가 답답한가 보오자

탁탁탁탁 탁탁탁탁

자가라 욕다야 사바하

…

소리가 잠잠해지자 애리가 그들을 불렀다. 그들은 미주와 애리가 머물고 있는 2층 방으로 왔다.

"공 도사라고 합니다. 우리 아가씨들 이름이 어떻게 되는교?"

이름을 밝히자 공 도사는 수염을 훑어내리고 헛기침을 둬 번 내지른 후 일행을 소개했다.

"여는 점을 잘 보는 문 보살이고 여는 징 치는 선생입니다."

문 보살과 징잡이가 고개를 끄덕였다.

공 도사가 말했다.

"무엇이 답답하신가요?"

애리가 말했다.

"아저씨, 미주 언니 점도 좀 봐주시고 이것저것도 좀 봐주시고 아픈 데가 많은데 좀 봐주세요."

공 도사는 고개를 젖히며 웃음을 지었다.

"허허허. 여러 가지를 봐달라? 허허허."

공 도사는 수염을 또 훑고 헛기침을 내질렀다.

"아저씨? 푸아, 푸아, 푸아!"

그러고는 눈을 부릅떴다. 미주는 흠칫 놀라며 몸을 움찔했다. 눈빛 때문이었다. 공 도사의 눈동자가 원을 그리며 격한 광채를 뿜어냈다.

"와 그리 놀래십니까. 도사의 눈빛은 일반 사람하고 다릅니다. 내는 아저씨가 아이고 도삽니다, 도사. 내는 내 죽을 날도 알고 있습니다. 계룡산에서 일 년, 지리산 천왕봉에서 일 년, 백련암에서 일 년. 합쳐서 삼 년 동안 도를 닦고 하산한 도삽니다. 공 도사님이라고 불러 보시오. 푸하하."

너털웃음을 터뜨린 공 도사는 문 보살과 징잡이에게 턱짓을 했다. 징잡이는 앉은자리 앞에 징을 놓았고 문 보살은 일어섰다.

"푸하 푸하 푸하, 그럼 푸닥거리부터 시작하지요."

공 도사가 말하자 징잡이가 징을 울렸다.

구궁 구궁 구궁 구궁…

문 보살은 장삼 소매를 나풀거리며 춤을 췄다. 시간이 더해지자 징소리가 빠르게 울렸다.

궁궁궁궁궁궁궁…

문 보살은 격렬한 몸짓으로 방안을 휘돌았다.

궁궁궁궁 궁궁궁궁
어허어허 어허어허
영정가망으로 부정가망
궁궁궁궁 궁궁궁궁
어허어허 어허어허
허물들 말고 도와주소
궁궁궁궁 궁궁궁궁
…

징소리가 느려졌고 장삼 소매가 너울댔다.

구궁 궁 구궁 궁

초가망 이가망 삼가망

가망님께 청배하세

구궁 궁 구궁 궁

사가망 오가망 육가망

가망님께 청배하세

구궁 궁 구궁 궁

…

구궁 궁 구궁 궁

비나이다 비나이다

옥황상제님 제석천존님

미주 집에 들어오소

구궁 궁 구궁 궁

비나이다 비나이다

일월성신님 북두칠성님

미주 방에 들어오소

구궁 궁 구궁 궁

천하지하 대신할매

천기를 내려주소

비나이다 비나이다

…

징소리가 그쳤다. 읊어대던 사설도 멈췄다. 문 보살은 장삼 자락을 늘어뜨리며 자리에 앉았다. 물을 벌컥벌컥 들이켰다.

“집 나온 지 오래 됐구먼. 역마살이 들었어. 이리 저리 댕겨야지 안 그럼 자꾸 아프게 되는 기라. 운수도 사납고. 부모도 형제도 백 리 밖에 있네. 부모 복도 형제 복도 백 리 밖인데 다행히 남자 복은 있어. 남자도 있고. 지금 남자 꼭 잡어.”

미주가 주위를 돌아보며 웃었다,

다음은 공 도사 차례였다. 공 도사가 헛기침을 한 후 수염을 만지작거리며 미주에게 말했다.

“어데 아프신가요?”

“명치끝이 항상 아프구요. 아랫배가 살살 아프고 허리도 끊어질 듯이 아파요. 항상 피곤하고, 머리도 아프고, 몸도 무겁고 그래요. 병원 갔다가 약 먹어도 그때뿐이고….”

공 도사는 미주 어깨에 손을 얹으며 가볍게 주물렀다.

“먼저 혈액을 순환시키야 합니다.”

그는 미주의 어깨와 겨드랑이 그리고 허리를 주무르며 입을 벌렸다.

“명치끝이 아픈 거는 소화 기능이 약해서 그라고, 아랫배가 살살 아픈 거는 대장이 탈나서 그라기도 한데. 설사는 안 하능가?"

"예, 된똥 싸요."

"된똥? 허허허. 하면, 그기 아닙니다. 아랫배가 살살 아프고 허리가 끊어지게 아픈 거는 자궁에 염증이 있으이까네 그렇고, 노상 피곤하고 그런 거는 간이 피로해서 그럽니다."

"…."

공 도사는 동작을 멈추고 미주에게 주의할 점을 일렀다.

"인자부터 내가아 몸을 만지고 해도 가마이 있어야 합니다. 치료할라꼬 그러는 거이끼네. 씰데없는 말은 하지 말고 많이 아프면 아프다고 해야 합니다."

그는 고쳐 앉으며 미주의 머리맡에서 다리를 벌렸다. 미주의 상체가 그의 가랑이 사이로 들어갔다. 자리를 잡은 공 도사는 양손 엄지를 머리에 얹고 힘을 가하며 지압을 했다. 그런 후 볼과 귀 사이를 눌렀다.

"아픕니꺼."

"약간 아프기는 한데 기분이 좋아요."

"엎드려 보십시오."

엎드리자 발끝에서 무릎을 꿇고 앉으며 미주의 다리를 벌렸다. 그러고는 그녀의 무릎 사이에 무릎을 꿇었다. 그는 크게 한 번 심호흡을 하며 두 손을 미주의 척추 위에 올려놓고 지압을 했다. 흉추에서 요추, 선골, 엉덩이까지 위아래를 오가며 눌러댔다.

"좀 깨운한가요?"

미주는 머리를 끄덕였다.

공 도사가 지압을 끝냈다.

지켜보던 애리가 말했다.

"언니 관상도 좀 봐주세요."

다른 요구 사항은 다음에 봐줄 거라고 말하며 바랑에서 봉지 하나를 꺼내 미주에게 건넸다.

"약발이 아주 끝내주는 귀한 약인데 눈곱만큼만 챙깄어예. 이만큼만 먹어도 피로가 확 풀리고 구름 위를 둥둥 떠다니는 기분이 들낍니다."

"얼마 드리면 돼요?"

미주가 묻자 공 도사는 또 푸하 소리를 냈다.

"오늘은 다 공짭니다. 다음에 필요하면 연락하이소. 그럼 우린 이만 가볼끼요."

공 도사 일행이 연락처를 남기고 현관을 나서자 미주는 이마가 바닥에 닿도록 절을 하며 배웅했다.

탁탁탁탁 탁탁탁탁

보오자 보자 보자 보자

누가 답답한가 보오자

탁탁탁탁 탁탁탁탁

…

공 도사의 목탁 소리가 멀어져갔다.

정도는 원고 몇 장을 더 넘기다 미주가 썰을 푼 장면에서 시선이 머물렀다.

구름에 누워봤니?

애리야, 날개 달고 날아봤니? 공 도사를 만나고 나서 난 날개를 달고 날아다녔어. 솟구쳐 올라 공중을 날지. 구름 위를 걷다가 구름에 앉았다가 구름에 누워 잠이 들고 꿈을 꿔. 흡혈귀도 없고, 사기꾼도, 조폭도 없는 세상이었어. 좋지 않아?

이 세상 모든 게 내 꺼야. 어디든 갈 수 있고, 무엇이든 가질 수 있고 먹을 수 있어, 언제든 쉴 수도 있고, 내가 맘만 먹으면 저절로 되고. 밥을 먹지 않아도 배고프지 않아. 아프지도 않고 몸은 깃털처럼 가벼워.

애리야, 그 약을 안 먹어봐서 모를 꺼야. 세상 모든 게 예쁘기만 해. 소리는 아름답고, 바람은 엄마 품 같아. 끝내주는 향기 속에서 맛있는 음식을 먹어.

나 항상 그랬으면 좋겠는데….

정도는 창밖으로 얼굴을 내밀다 원고 몇 장을 넘겼다.

거리의 여인

완월마을 골목은 밤새 내린 눈으로 하얗게 빛을 발했다. 눈은 약국 앞에도 내렸고 약국 맞은편 건물 화단도 솜이불을 덮은 것처럼 하얬다. 사람들은 하얀 길을 걸었다. 길을 걷는 사람들마다 눈을 밟으며 서로 약속이나 한 듯이 잰걸음을 하며 약국 앞으로 향했다. 그럴 때였다. 달리던 택시가 눈길에 미끄러지면서 약국 옆 전봇대에 부딪쳤다. 약국 앞으로 사람들이 모여들었다. 약국을 지나간 사람들은 약국 앞으로 되돌아갔고 모습을 감춘 행인들도 약국 쪽으로 머리를 빼죽 내미는가 하면 주춤거리며 섰다. 뭇시선은 미끄러진 택시가 아니었다. 약국 앞이었다. 먼발치에 섰던 사람들도 약국 앞으로 다가갔다. 택시 기사는 차에서 내려 범퍼를 보는 둥 마는 둥 하면서 약국 앞을 바라보았다. 인파는 둥그렇게 섰다. 그들은 웅츠리고 앉거나 서서 눈 바닥을 내려다보았고 그들끼리 표정을 살피다 이내 시선을 피했다. 그들 안에는 여인이 있었다. 내의만 걸친 여인이 겉옷을 움켜쥐고 바닥에 누워 있었다. 여인은 눈동자를 깜박이더니 가쁜 숨을 몰아쉬며 모로 누웠다. 군중은 눈을 벌겋게 뜨고 여인을 주시했다. 여인이 몸을 꿈틀거릴 때마다 군중의 눈동자는 여인의 몸짓을 놓치지 않았다. 바람이 이따금 군중의 다리를 비집고 여인의 머리카락을 풀어헤치며 사라졌다. 여인은 몸을 부르르 떨다 상체를 일으키며 긁기 시작했다. 온몸을 긁어댔다. 머리와 목덜미 가슴을 긁던 여인은 허벅지까지 마구 긁었다. 긁힌 몸은 핏빛으로 물들었다. 몸을 긁던 여인은 벌떡 일어서며 군중 밖으로 돌진했다. 군중 속을 빠져나온 여인은 눈길을 달렸다. 그러면서 소리를 내질렀다.

"내 몸에 거머리가 붙어 있어! 내 몸에 거머리! 거머리! 거머리!"

여인은 방향을 틀어 오르막길로 부리나케 올라갔다.

"아저씨, 거머리!"

여인은 길을 걷던 젊은 남자의 허리띠를 붙잡았다. 남자는 거머리처럼 달라붙은 여인의 몰골에 흠칫 놀라며 손을 뿌리쳤다. 그러고는 넋을 놓고 여인을 보았다. 여인은 다시 남자의 발목을 붙잡고 소리쳤다.

"거머리 좀 떼주세요! 거머리가 내 살 속으로 들어가요!"

남자는 눈길에 주저앉았다. 주저앉은 남자는 여인을 훑어보는가 싶더니 머리채를 잽싸게 잡고 흔들었다. 여인은 '아!' 소리를 외치며 발목을 놓았다. 남자는 도망쳤다. 안전거리를 확보한 남자는 여인을 향해 욕지거리를 늘어놨다.

"이기 미쳤나! 벌건 대낮에 무슨 지랄이고. 와 이카노, 와 이캐."

남자는 옷을 털면서 침을 뱉었다.

여인은 눈을 게슴츠레 뜨고 또 다른 몸짓을 했다. 움켜쥔 옷으로 자신의 머리와 몸을 거푸 때리며 내리막길로 뛰었다. 갈림길에 이르자 여인은 달음질을 멈추고 섰다. 팔을 길게 뻗어 거리와 건물과 영업집 간판을 가리키다 갈피를 잡은 듯 철물점 쪽으로 달렸다. 행인과 약국 앞에 운집했던 사람들 중 더러는 그녀의 뒤를 밟았다. 여인은 철물점으로 멧돼지처럼 뛰어들었다. 철물점 주인은 진열대에 몸을 기대며 여인을 쳐다보느라 눈동자를 바삐 굴렸다. 여인은 진열대에서 망치와 드라이버를 들었다 놓는가 하면 물건을 바닥에 떨어뜨리며 점포를 헤집고 빙글빙글 돌았다.

"이기 누꼬! 또라이 아이가. 어디서 벼락을 맞고 왔나!"

여인은 철물점 주인의 말에도 아랑곳없이 물건을 들었다 놓기를 반복하다가 못을 집어들고 온몸을 그어대기 시작했다. 못에 긁힌 살결은 피가 솟구쳤다. 여인을 지켜보던 주인은 뒷걸음치며 문밖으로 나갔다. 사람들이 몰려와 있었다. 철물점 주인은 군중의 대열에 서서 점포 안을 기웃거렸다. 여인은 여전히 그 짓이었다. 긁힌 상처에서 뿜어져 나온 핏방울이 아랫도리로 흘러내렸다.

"저 여자 누군교? 와 저라요?"

점포 주인이 물었지만 사람들은 웅성거리며 그 안을 들여다 볼 뿐이었다.

한 여인이 이불을 안고 달려왔다. 이불을 든 여인은 철물점으로 들어갔다. 이불을 든 여인은 여인의 팔을 낚아채며 못을 빼앗고 몸을 감쌌다.

"미주 언니, 미안해. 다 나 때문이야. 이럴 줄 알았으면 공도사 일당을 부르지 말았어야 했는데…."

이불로 감싼 여인은 코를 훌쩍이며 여인을 끌어안았다.

"가자, 언니. 집에 가자."

여인은 거친 숨소리를 내며 몸부림쳤다.

"애리야. 거머리가 내 살을 파먹고 있어. 빨리 빼내야 돼."

"알았어. 빨리 집에 가자. 빼줄게."

여인은 천장을 올려다보다 이불 속으로 머리를 들이밀었다.

"바퀴벌레가 천장에서 떨어져. 구만 마리 백만 마리가 내 머리로 떨어져. 문 열어, 빨리! 나가야 돼. 아, 또 떨어진다. 몸으로 파고든다. 빨리 가!"

그들이 밖으로 빠져나오자 사람들이 수군댔다.

"누드 쏘가 따로 없다." "지랄병이가?" "마약 금단증상이지 뭐겠노?" "뽕 아이가? 히로뽕."

여인들은 그곳을 벗어났다.

정도는 원고 몇 장을 더 넘기다 '완월마을의 하모니카'에서 손동작을 멈췄다.

완월마을의 하모니카

미주가 눈을 뜬 채 침대에 누워 있을 때, 집 근처에서 하모니카 소리가 울렸다. 애절한 소리로 애타게 부르는 것 같기도 했다. 멍하니 천장만 바라보며 누워 있던 미주는 창문을 열었다. 몸을 숨기며 내다보았다. 미용실 쪽에서 소리가 났다. 청바지에 남방을 걸친 젊은 남자가 미용실 옆에서 하모니카를 연주하고 있었다. 미주는 창틀에 얼굴을 대고 하모니카 소리를 들었다. 그 소리는 오래 전부터 종종 들었던 소리이기도 했다. 달포마다 들리던 소리는 일주일마다 울려댔고 최근에는 사흘이 멀다 하고 창문을 비집고 들어왔다. 미주는 하모니카를 연주한 남자가 모습을 감추고 하모니카 소리가 사라질 때마다 눈물을 흘렸다.

하모니카 소리 울릴 때
그녀 숨는다

저주의 거리
기막힌 거리
숨막힌 거리
비틀댄 거리
파멸의 거리
빈혈의 거리
눈물의 거리
탈수의 거리

하모니카 사라질 때
그녀 완월마을에 기대어 눈물 흘린다

'그녀 완월마을에 기대어 눈물 흘린다'가 소설의 마지막이었다. 정도는 원고를 덮었다.

환각의 섬

여름이었다. 정도는 미주가 간다는 섬으로 향했다. 객선을 타고 섬에 내린 정도는 용전리로 가는 미니버스에 올랐다. 버스가 마을 초입 정류장에 정차했다.

"용전리 내리씨요."

정도가 내리자 부부로 보이는 할아버지와 할머니가 양손에 물건을 들고 내렸다. 대여섯 걸음 앞서 걷던 정도는 할머니에게 다가가 짐 하나를 받아들고 동네 주민인지 물었다. 그렇다고 대답했고 부부라고 했다. 할아버지에게 말했다.

"어르신, 혹시 오래전에 낯선 여자가 약초를 구하러 오지 않았나요?"

부부는 얼굴을 마주보며 말을 주고받았다. "그때가 언제까. 오래 됐는디. 뭍에서 가이내가 오기는 왔는디." "그 이상한 가이내?"

할아버지가 말했다.

"젊은이는 누군디 그 여자를 찾소?"

"같은 동네 사람인데 건강도 걱정되고 궁금하기도 해서 왔습니다."

부부는 입을 다물고 걸었다. 마을로 들어서자 할머니가 짐을 받아들었다. 할머니는 공동 우물과 마을 회관을 지나면 큰 살구나무 집이 나올 거라며 그 집에 가보라고 했다. 마을 이장 집인데 이장이 잘 알 거라고. 이장 집으로 간 정도는 대청마루 앞에 서서 이장을 불렀다. 머리가 하얀 어르신이 방 안에서 봉창문을 열고 머리를 내밀었다. 칠순은 넘어 보였다.

"이장님이세요?"

"그란디 누구요?"

"말씀 좀 여쭙고 싶어서요."

이장은 마루로 나왔다.

"여기 앉으씨요."

정도가 자리에 앉자 이장 아내가 밖에서 들어왔다. 신분을 밝히고 인사를 한 정도는 사정을 말하며 미주에 대한 얘기를 꺼냈다. 대청마루에 앉아 정도와 몇 마디를 주고받은 이장은 갯바탕으로 가자고 했다.

이장과 함께 고구마밭과 옥수수밭, 수수밭을 지난 뒤 해변으로 갔고 바다까지 뻗은 바위에 걸터앉았다.

이장은 미주에 대한 이야기를 꺼냈다.

"그랑께 다 말할라먼 참말로 긴디, 말해주께요. 미주가 첨에 우리 동네 왔을 때는 두 눈 똑바로 뜨고는 못 보겄드라고. 빼싹 말라서 뭔 굶어 죽은 송장이 살아왔는지 꼼짝 놀랬어. 그랬는디 미주 그 가이내가 부산인가 어디서 왔다고 말하등마. 소문 듣고 왔다고. 듣도 보도 못한 뭔 약초를 구하러 여까장 왔다고 하더랑께. 몸이 아파서 치료해야 한다고 말함시롱."

그렇게 말한 이장은 그동안 행적을 풀어놨다.

땅거미 질 무렵이었다. 용전리에 미주가 나타났다. 행색은 말이 아니었다. 노숙자나 다름없었다. 뼈만 앙상한 여자가 시궁창 냄새를 풍기며 옷을 질질 끌고 나타난 것이다. 마주친 사람들은 코를 막거나 도망치거나 비켜서서 돌담에 등을 기대기도 했다.

미주는 온 동네를 휘젓고 다녔다. 집집마다 기웃거리다 인기척을 느끼면 숨곤 했다. 이틀째 접어든 밤이었다. 불 꺼진 집으로 들어갔다. 사람이 떠나고 잡초가 무성한 빈집. '구더기네 집'이었다. 구더기가 많아서 그렇게 불렀다. 그 집으로 간 미주는 사흘 넘도록 밖으로 나오지 않았다. 소문을 들은 주민들은 구더기네 집을 지나갈 때마다 잰걸음을 했다. 미주가 구더기네 집에 머문 지 나흘째 되는 날이었다. 대여섯 주민이 막대기 하나씩을 손에 쥐고 구더기네 집으로 갔다. 우거진 잡초를 밟고 마당에 선 주민들은 사방으로 고개를 돌리며 고래고래 소리를 질렀다.

"미친년 나와라, 잉!"

반응이 없었다. 방문을 열었다. 아무도 없었다. 다락에도 없었다. 광에서 항아리 긁는 소리가 났다. 광으로 갔다. 그녀가 누더기 옷을 걸치고 누워 있었다. 입 언저리는 누룩 알갱이가 덕지덕지 붙어 있었고, 주변 바닥은 누룩이 잘게 부서져 있었다. 주민들은 막대기로 툭툭 건드리며 한마디씩 던졌다.

"미친년이당께!" "어디서 왔당가?" "왜 왔는지 모르겄네." "와마 와마 귀신이여, 귀신!" "어허, 시방 언능 떠나부러야!"

미주는 약초를 구하려고 물어물어 이 마을까지 오게 된 사연을 전하며 도와달라고 했다.

주민들은 미주에 대한 사정을 이장에게 알렸고 이장은 미주를 마을 회관으로 데려가 빈방에 들여보냈다. 그 방은 동네 어르신들이 종종 모여서 장기를 두거나 휴식을 취하는 경로당 같은 방이었다. 부녀자들은 미주에게 옷가지를 내주고 음식도 가져다 주었다. 미주는 달포 가까이 마을 회관에 머물다 이장 댁 작은 방으로 거처를 옮겼다.

이장은 먼바다를 바라보며 자신의 집에서 미주와 함께한 날들을 정도에게 들려주었다.

미주가 이장 집에 온 지 나흘째 되는 날이었다. 오후 다섯 시쯤이었다. 미주는 마당 가장자리에 있는 수도꼭지를 틀어 머리를 감고 햇볕에 말렸다. 그런 후 무작정 안방으로 들어가 화장대에 놓인 거울 앞에 앉으며 머리를 곱게 빗었다. 그러고는 핑크색 루주로 입술을 칠했다. 분을 얼굴에 발랐다. 작은방으로 갔다. 방문을 활짝 열었다. 여섯 시가 되자 방 가운데 앉아서 마당을 바라보았다. 어둠이 내리자 불을 켰다. 밤이 이슥할 때까지 앉은자리에서 미동도 하지 않던 미주는 새벽 한 시가 되자 불을 켠 채 그 자리에 누워 잠이 들었다. 오전에 잠에서 깬 그녀는 방을 나와 돌절구에 걸터앉았다. 한 시간쯤 지났을까. 옷을 훌훌 벗고 수돗가에서 몸을 씻었다. 씻고 나서 또 잠이 들었고 오후 다섯 시에 깼다. 미주는 또 머리를 감고 화장을 한 후 어젯밤 작은방에서 앉았던 것처럼 앉았고 밤 열두 시가 넘자 잠이 들었다. 그런 패턴은 다음 날까지 이어졌다. 이장과 아내는 미주에게 그러는 이유를 물었지만 입을 열지 않았다.

무료한 탓일까.

이장은 미주를 데리고 바닷가로 갔다. 아내와 함께 채취한 다시마를 햇볕에 말리고 돌아오는 길이었는데, 솔바람 소리가 웅웅댔고 억새풀이 푸르릇 흔들거렸다. 이장을 따라 걷던 미주는 별안간 수수밭으로 뛰어가며 수숫대 안에 숨었다. 시간이 흘러도 나올 기미가 없었다. 더 깊이 숨어버렸다. 이장은 수수밭으로 들어가 미주의 팔을 붙들었다. 미주는 흠칫 놀라며 몸을 떨었다. 뒤를 돌아보며 소나무와 억새풀을 가리켰다.

"이장님, 저기, 저기서, 누가 나를 잡으러 와요. 그 소리가 들려요. 숨겨주세요."

그들은 에둘러 걸어 마을로 왔다.

다음 날이었다. 이장은 미주에게 돈 몇 푼을 쥐여주며 그만 이 집에서 나가달라고 했다. 동네도 떠나달라고 했다. 그녀의 범상치 않은 행동을 받아줄 만큼 아량이 부족할뿐더러 사고라도 나면 그 뒷감당이 두려웠기 때문이었다. 미주는 다시는 그런 일이 없을 거라고, 좀 더 머무르게 해달라고 사정했다. 발작은 정신이 몽롱할 때 자신도 모르게 나타난다고 말하며 몸을 회복할 수 있는 약초를 구하러 여기까지 왔는데, 동생 같은 애리와 오빠 같은 오빠가 오는 대로 떠나겠다고 했다. 며칠 있으면 그들이 올 거라고. 이장은 가망이 없어 보였다. 미주가 말하는 그들의 연락처도 알 수 없고 언제 올지도 모르는 막연함 때문이었다.

이장은 미주를 내치고 말았다. 입을 만한 옷가지도 가방에 넣고 미주에게 건네며 내보냈다. 미주는 가방을 받아들고 이장집을 나갔다. 하지만 여전히 그 동네에 머물렀다. 다시 구더기네 집으로 갔다. 구더기네 집에서 자고 먹었다. 그 집 남새밭에서 제멋대로 자란 고구마를 캐 먹었고 벌레 먹은 가지를 씹어 먹었다. 이장은 미주가 구더기네 집에 있다는 소문을 듣고 그곳을 엿보며 확인까지 했지만 제풀에 지쳐 떠날 거라고 믿었다. 그러나 미주는 여전히 그 집에 머물렀다.

이장은 당분간만 보듬고 있겠다며 미주를 다시 데려왔다. 이장 집에 오자마자 미주는 잠만 잤다. 이불을 뒤집어쓴 채 며칠 동안 잠이 들었다.

그러던 어느 날 아침이었다. 미주는 잠자리를 털고 일어났다. 이불은 흠뻑 젖어 있었다. 미주가 흘린 땀 때문이었다. 방에서 나온 미주는 가슴을 움켜쥐고 수돗가로 갔다. 수도꼭지에 입을 대며 물을 벌컥벌컥 들이켰다. 그러고 나서 마당에 주저앉았다. 흙을 만지작거렸고 눈을 깜박거리며 하늘을 보았다. 잠시 후였다. 앞바다에서 똑딱선 엔진 소리가 울렸다. 미주는 몸을 일으키며 바다를 보았다. 배가 물살을 가르며 선착장으로 다가왔다. 미주가 배를 응시했다.

"이장님!"

이장을 불러놓고 사립 밖으로 걸음을 재촉했다.

"이장님. 오빠가 와요. 애리도 와요."

미주는 배를 가리키며 이장 댁을 벗어났다. 이장은 미주를 불렀지만 앞만 보고 걸었다. 그리고 뛰었다. 이장은 미주를 뒤쫓았다.

"미주야!"

"오빠가 약초를 가지고 왔어요. 애리도 왔어요. 오빠가 날 불러요. 애리가 빨리 오래요."

이장은 뒤통수에 대고 소리치며 주저앉았다.

"아니여, 그 배는 아닌 것 같어. 가지 마랑께!"

미주는 달렸다. 고구마밭과 수수밭, 소나무숲을 지나 해변의 바윗길을 따라 선착장으로 내달렸다.

이후, 미주는 돌아오지 않았다.

이장이 들려준 미주 이야기는 여기까지였다.

정도는 선착장과 해변을 두리번댔다. 이장은 먼바다를 보았다. 정도의 눈도 먼바다를 향했다.

"미주가 그 배를 타고 떠났을까요?"

"미주 말대로 그 배가 진짜 그런 배여서 타고 갔다면 좋겄는디 통 모르겄어. 그런디 말이여 그날 그때 들어온 배는 봤는디, 후제 나간 배는 못 봐서 틀림없이 미주가 돌아오꺼이다 생각했는디 기다려도 안 오네. 그랑께 선착장에 가봤는디 없고, 주민들한테도 물어봤는디 다 모른다고 하드랑께. 그래서 틀림없이 무슨 사고라도 났는 거이다 생각하고 동네 사람들 불러갖고 갯바탕하고 갯바위 세다구하고 다 뒤졌는디 없어. 그 뒤로는 소식도 못 들었고 영영 못 봤제."

정도는 섬을 떠났다.

(해설)

내몰린 사람들을 향한 소설의 윤리

이병국 • 문학평론가

존재의 고통을 마주한 글쓰기

알다시피 오늘날의 노동 환경은 불안하기만 하다. IMF 외환위기와 2008년 글로벌 금융위기를 거치면서 대기업의 이익 보호는 강화되는 반면 노동자는 그 이익이 축소, 배제되면서 실직과 비정규직 노동자의 자리로 소외되었다. 게다가 코로나19 팬데믹을 거치면서 플랫폼 경제가 활성화되어 파견직, 용역, 비정규직의 수는 현저히 늘어만 갔다. 이러한 상황에서 살아남기 위해서 개인이 취해야 하는 일이라고는 국가와 기업이 강제하는 착취를 내면화한 채 타인보다 나은 노동을 제공하는 존재로 스스로를 자리매김하는 것뿐이다. 한병철의 용어를 빌리자면, 우리는 자신의 생존을 위해 세계가 요구하는 다양한 일들을 끊임없이 수행하며 생산성을 극대화하기 위해 '성과주체'로 자신을 착취하는 한편 그로부터 비롯된 고통을 외면한 채 '견뎌내는 삶(ein Überleben)'을 반복하는 것일지도 모른다. 이러한 '피로사회'는 노동자로 하여금 국가와 기업의 착취를 개인의 일로 전유하여 수행함으로써 부정성의 사유를 불가능하게 만든다. 또한 노동자가 겪는 소외를 야기하는 세계의 부조리에 저항할 수 없게 하며 노동자 계급의 정체성을 와해시키고 그들의 단결과 연대에 균열을 일으키는 주요한 원인이 되기도 한다. 릿자라또가 언급한 것처럼 신자유주의적 자본주의 사회는 일정한 비율의 임시성, 불안전, 불평등, 빈곤이 있을 때 편안하기 때문에 불평등의 축소나 근절 대신 차이들을 이용하고 이를 바탕으로 통치하기 때문일 것이다.

이러한 상황에서 문학은, 소설은 무엇을 해야 하는가, 또 어떻게 써야 하는가라는 질문을 하지 않을 수 없다. 우리가 겪어야만 했던 고통과 그것을 야기하는 착취의 메커니즘을 이야기하고 세계로부터 내몰린 사람들의 곁에 나란히 서 있는 것이야말로 소설의 존재론이 아닐까. 그런 점에서 이상실 작가의 『죽음의 시』는 착목하는 대상이 무엇인지를 분명히 하는 소설집이다. 특히 표제작의 경우, 신자유주의적 자본주의가 만든 플랫폼 경제가 인간을 어떻게 착취하는지를 여실히 드러내며 이를 통해 인간의 존엄을 어떻게 지켜낼 수 있는지, 그 곁에서 소설이 어떠한 방식으로 함께해야 하는지를 보여준다. 물론 이번 소설집이 가시화하고 있는 것이 노동의 문제로 제한되거나 고착되어 있지는 않다. 그러나 사회 구조적 시스템에 의해 내몰린 개별적 존재의 고통을 중심에 두고 그것을 어떻게 쓸 것인지에 대해 소설적 방식으로 응답하고 있는 것은 분명하다. 존재의 고통을 마주한 글쓰기로서의 소설, 그 가능성과 쓸모에 관해서 이야기할 필요가 있다.

애도하기와 기억하기

표제작인 「죽음의 시」의 종기는 물류센터에서 일을 한다. 피디에이가 '자동배차할당'한 작업지시에 따라 카트를 끌고 상품을 토트에 담는다. 단순한 일인 만큼 노동자는 자동화된 물류 시스템의 한 부분으로 "설정"되어 주체성을 상실한다. 기계가 시키는 대로 상품을 담고 운반하는 인간은 마치 로봇처럼 작동된다. "건강을 위해 10분간 휴식을 취하세요"라는 지시에 따라 휴식을 취한 종기가 "노란 조끼를 걸친 사원"의 지적을 받고 피디에이를 재설정하면서 확인하게 되는 '긴급 할당'은 휴식을 취해야 하는 인간이 아닌 시스템의 부품으로, 회사의 강제에 무조건적으로 복무해야 하는 로봇으로 간주되고 있다는 것을 상징한다. 또한 노동자를 유피에이치, 즉 시간당 피킹으로 수치화하여 평가하는 "무한경쟁"에 내몲으로써 성과주체의 기만을 내면화하도록 강제한다. 이는 지배와 피지배 관계를 신체화하여 권력의 작동 방식에 무의식적으로 연루하게 하는 한편 노동자를 고립시켜 비판적 의식이나 저항 행위를 지우는 기제가 된다. 특히 조금이라도 규칙에 어긋나는 행위를 할 때면 어김없는 '중앙의 호출'은 빅브라더의 감시를 가시화함으로써 금지와 강제를 신체화하게 하여 인간을 "짐승이 된 노동자", "기계에 예속된 일용직"으로 전락시킨다. 이런 상황에서 종기가 중앙의 마우스 오를 상대로 부당함을 지적한다고 해도 이는 인과나 정황이 무시되고 결과만이 집계되는 세계에서 수용될 만한 문제 제기가 아닌 그저 성과를 내지 못한 기계의 파열음으로 간주될 따름이다. 그런 점에서 폭력적인 착취의 공간인 물류센터는 신자유주의적 자본주의 체제를 알레고리화 하는 장소이며 다른 삶을 꿈꾸는 것이 도저히 불가능한, 부조리한 현실 그 자체가 된다.

이런 와중에 발생한 구윤재의 죽음은 종기에게 현실을 자각하게 하는 결정적 계기로 작동한다. 구윤재는 물류센터의 부조리, 부당함을 종기에게 적극적으로 개진하는 인물이다. 그는 시스템에 순응하는 성과주체의 심리를 똑바로 응시하며 그들을 "기계의 노예가 되는, 기계의 노예들, 인간의 노예들, 또한 중앙에 철저하게 감시당하는 죄수"로 명명한다. 그러나 인간의 존엄을 상실한 존재로 전락하지 않기 위해 문제를 직시한 구윤재는 급성 심근경색으로 물류센터 2층 화장실 바닥에서 생을 마감하고 만다. 구윤재의 죽음은 분명한 산업재해이지만, 물류센터의 입장에서는 빠르게 대체 가능한 부품의 손상일 따름이다. 우리는 이러한 상황을 매일 뉴스를 통해 접하고 있다.(2020년 5월, 쿠팡 물류센터 4층 화장실에서 숨진 노동자를 우리는 알고 있다.) 위험과 죽음의 외주화. 사회적 타살을 묵인하고 책임을 전가하는 일. 고된 일은 외주 업체에 소속된 비정규직에게 떠넘기며 그로부터 비롯될 위험은 개인이 감당해야 하는 몫으로 치부된다. 이는 거대 기업에 국한되지 않는다. 종기 엄마가 운영하는 횟집에서조차 배달하다 사고가 날까 걱정하며 "배달은 배달 업체 맡기"는 상황이다. 구윤재가 종기에게 보여준 이문재 시인의 시 「백서 2 — 죽음은 살아 있어야 한다」처럼 삶이 삶다워질 수 있으려면, 삶이 제대로 죽을 수 있으려면 죽음을 외면하거나 방기해선 안 될 것이다. 나와는 관련 없는 일이라고 생각하는 순간 그것은 곧 나의 일이 될 것이기에 죽음을 삶 곁으로, 삶의 안쪽으로 모셔와 살펴야 할 필요가 있다.

인간의 고통과 죽음을 외면하지 않고 애도하고 기억하는 일, 그리고 그 곁에서 부조리에 저항하고 목소리를 높이는 일이야말로 기계에 예속된, 혹은 성과만을 강요하는 세계의 요구를 신체화한 존재가 비인간으로 전락하지 않도록 하는 일이 될 것이다. 종기가 외치는 구호 너머 들리는 아이유의 〈에잇〉이란 노래 가사처럼 서로가 만든 작은 섬에 갇혀 신자유주의적 자본주의의 탐욕에 매몰되지 않기 위해서라도 죽음에 대해 충분히 애도하고 기억하며 부당함에 저항하고 바로잡으려는 투쟁의 과정이 요구된다.

「시인과 소녀」는 그 지난한 투쟁의 과정을 그려내고 있다. 시인이 화자인 이 단편은 굴뚝 위에서 투쟁 중인 동규를 대상으로 하고 있다. 동규는 제목에서 가리키고 있는 소녀의 아빠로 "공장 굴뚝에 올라 이백스무 날 넘게 땅을 밟지 않"고 복직 투쟁을 하고 있다. 그는 "자동차 회사에서 근무하다 해고를 당"한 이후 아파트 건설 현장을 거쳐 대기업 자동차 회사의 하청 업체에 비정규직 노동자로 일했지만 "환경 개선에 대한 의지가 없"는 회사를 나온다. 그러다 건전지를 제조하는 회사인 뉴셀에 정규직 사원으로 입사했다 다시 해고를 당하게 된다. 추후 정리해고자를 우선 채용한다는 합의서를 작성했음에도 이를 무시하고 비정규직 직원만 뽑는 회사의 행태에 저항하는 복직 투쟁을 하다가 마침내 "뉴셀 굴뚝 꼭대기"에 오르게 된 것이다. 시인은 아파트 건설 현장에서 동규를 만나게 되고 동규의 곁을 함께한다. 비록 자신의 아들 생일조차 챙기지 못하지만, 시인은 투쟁의 현장을 찾아다니며 "죽은 노동자와 해고 노동자의 아픔을 나누"면서 "불의와 폭력에 분노하고 정의와 진리를 위한 발걸음"을 내디디며 "짓밟힌 자들"의 곁에 선다. 그의 행보는 "노동자들이, 못 가진 자들이, 힘없는 자들이, 묵묵히 살아가는 선량한 사람들이. 그분들이 차별받지 않고 함께 잘 사는 세상, 자유롭고 정의롭게 살아갈 수 있는 세상"을 꿈꾸는 데 바쳐진다. 이상실 작가가 착목하는 문학의 자리가 바로 여기에 있다. 책상에서 이루어지는 추상적 창작 활동을 하는 것이 아니라 "탐욕에 물든 거리"에서 "불의에 저항하고 정의로운 세상을 꿈꾸며" 투쟁하는 이들의 곁에 머물며 그들의 목소리를 구체적으로 기록하고 세계의 불의를 고발하고자 하는 것이다.

그러나 투쟁을 기록하는 일은 녹록지 않다. 투쟁의 과정이 여의치 않기 때문이다. 동규가 굴뚝에 올라 오랜 시간 땅을 밟지 않고 투쟁하고 서른일곱 날째 단식투쟁을 이어가더라도 그것을 다룬 언론이라고는 노동자 뉴스뿐일 정도로 사회적 주목을 받지 못하는 것이 현실이다. 이는 노동자 투쟁을 조직적으로 은폐하고 불법화하는 국가와 기업의 권력이 그만큼 크기 때문일 것이다. "우리 아빠 굴뚝에서 내려오게 해주세요"라는 소녀의 바람은 가오리연에 매달린 채 위태롭게 떠 있을 따름이다. 비록 가오리연조차 "굴뚝 계단에 걸"려 "더 이상 날지" 못하는 처지이지만 내몰린 존재의 곁에서 함께 있음을 이야기하는 데에는 충분한 역할을 수행하는 것인지도 모를 일이다. 미약한 힘일지라도 그것이 누적된다면 변화와 변혁을 위한 연대의 밑거름이 될 것은 분명하다.

불안한 존재의 자기 반영성

「같은 시간 속의 사람들」이 보여주는 바가 이를 증거한다.

코로나19 팬데믹 초기의 상황을 그리고 있는 이 소설은 당시 바이러스 감염을 개인이 조심해야 할 방역의 영역으로 치부하여 책임을 전가하고 이를 빌미로 불이익을 주는 불합리한 세태를 재현하고 있다. 화자인 준은 햄버거 패스트푸드 회사 직원이다. 그는 점포 책임자인 점장들을 대상으로 한 교육 이후 코로나에 감염되었으나 감염 경로를 구체적으로 확정할 수는 없는 상황이다. 우리가 경험했다시피 전대미문의 팬데믹이 야기한 것은 대규모 실업과 산업구조의 갑작스러운 변화였다. 이는 비트코인과 주식, 부동산 투자에 눈 밝은 누군가에게는 기회였고 소상공인과 불안한 일자리를 지닌 대다수 사람에게는 위기였다. 더 나은 삶의 조건을 추구했던 이들은 역설적이게도 더 불안한 장소로 내몰리게 되었고 계층의 사다리는 멀어졌으며 그로 인해 경제적 생존 역시 더욱 어려워졌다. 준이 코로나바이러스에 감염된 경로를 되짚으며 자신을 피해자로 자리매김하려는 이유 역시 이러한 경제적 생존의 위기를 어떻게든 극복하려는 안간힘에 있다. 이를 개인의 이기심으로 치부할 수 없는 것은 감염된 존재를 배려하지 않는 사회적 분위기 때문일 것이다. 여기에 회사의 이익을 침해할 수 있다는 위험 요소가 되어 거짓을 강요받기까지 하는 상황에서 준이 선택할 수 있는 것은 없다고 할 수 있다.

준은 입사 동기인 수향이 묻는 "평소에 가장 많이 떠오르는 단어"로 '이기심'과 '배려'를 꼽는다. 서로 충돌하는 감각의 단어는 일상을 지배하는 사적 욕망과 타자를 향한 환대의 낙차를 고스란히 재현한다. 수향은 준의 대답을 바탕으로 '준의 세계'를 영상화하는데, 영상은 "거리를 걷는 사람들, 문화를 창조하고 향유하는 사람들, 스포츠를 즐기는 사람들, 시장의 풍경, 대중교통과 승객들, 일터의 모습"을 비추다 "고독한 식사"라는 제목으로 소급되며 끝이 난다. 일종의 "꿈에 대한 시"라고 할 수 있으며 일상을 영위하는 개인의 평범함에 초점이 맞춰 있다. 이는 우리의 세계가 거창한 무엇으로 이루어지는 것이 아니라 그저 고독한 식사와 같은 평범함 속에서 구축되는 것임을 말해준다. 그러나 팬데믹 체제하의 사회는 이것을 불가능한 꿈으로 만들어버린다. 이 상황에서 아무리 "저는 코로나가 아닙니다"라고 외친들 "공공의 복리와 안녕"을 위해 사회는 개인을 바이러스로, 몰아내야 할 무엇으로 간주하며 인간을 비인간의 영역으로 전락시킨다. 공공의 복리라는 허울은 "같은 시간 속의 사람들"을 배려하지 않는 배타적 방식으로 작동하는 것이다. 이는 지금 여기, 우리가 살아가고 있는 세계의 기본값인지도 모른다. 공공의 영역이라고 여겨지는 사회나 회사의 이기심은 개별 인간의 사적 영역을 착취할 뿐이다. 물론 그동안 은폐되어왔던 그것이 팬데믹과 같은 예상치 못한 재난의 상황과 같은 특정한 계기, 핑계를 댈 만한 기회를 노리고 있다가 표출된 것은 아닐까 싶을 정도이다. 소설의 말미 방송국의 특집 방송을 위해 준을 취재하러 온다는 소식에 회사가 준을 대하는 방식이 바뀌는 것을 긍정적으로 보기 어려운 이유가 여기에 있다. 수향이 선의로 만든 준의 세계가 방송국에 닿아 "코로나를 극복한 직원과 회사의 사례를 소개하는 내용"으로 전파를 타게 되자 준을 내몰려고 했던 회사의 이기심은 오히려 준의 사연을 전유하여 이용하고자 한다. 이를 배려라고, 혹은 개인의 승리라고 할 수는 없을 것이다. 개인의 고통과 그것의 극복은 회사의 욕망과 맞물려 이용될 뿐, 그것이 개인의 현재적 삶으로 전이되거나 일상을 구원하지는 못한다. 방송이 끝이 나면 준의 활용성은 사라질 테니 말이다.

한 편의 부조리극과 같은 이러한 세태의 풍경은 인간의 얼굴에 고스란히 비춰진다. 「퇴근길」의 정수가 버스 종점에서 핑크레이디와 얼룩말기사에게 외면당한 이유도 그의 일그러진 얼굴에서 비롯되었다. 친목 단체 회원인 석기와 술자리에서 다투고 집으로 돌아가는 버스를 탔던 정수는 낯선 버스 종점에 내리고 만다. 도시 외곽의 종점에서 휴대폰까지 방전된 상황에서 정수는 핑크레이디와 얼룩말기사에게 도움을 요청하지만 거절당한다. 단순한 해프닝으로 치부할 수도 있는 이 상황에 주목하는 이유는 정수가 느끼는 두려움 때문이다. "음울한 어둠" 속에서 정수는 무언가가 다가와 "자신을 위협하거나 물어뜯을지도 모른다는 두려움"을 느낀다. 결국은 신고를 받고 출동한 경찰차를 타고 돌아오게 되지만 정수가 느낀 두려움은 현재를 살아가고 있는 존재의 근원적 불안과 맞닿아 있다.

> 난 당신이 당신 된 것을 잘 알지 못하는데, 당신은 내가 나 된 것을 모두 알까? 나는 나보다 먼저 태어난 자와 나중에 태어난 자 사이에서, 누군가가 가는 길을 따라 걷다가 나만의 길을 달리다 걷다 넘어지다 쉬다가 머무르다, 바람 속에서 입고, 향기 속에서 먹고, 바닥에 눕고 일어나서 나의 길을 걸으며 내가 되었다. (163쪽)

언제나 심판관처럼 구는 석기의 술주정에 적개심을 느끼는 정수는 정수 안의 정수를 상상하며 자신의 존재에 대해 생각한다. "세상과 발맞춰" 걸으며 "돈벌이에 실패한 적 있지만 돈벌이를 쉬어본 적 없"는 '나', "내가 될 때까지 내가 되는, 나도 모르는 요소는 뒤늦게 들었거나 짐작해서 알게 됐을 뿐"인 '나'는 기실 주체적으로 자신의 내면을 존재의 정립 조건으로 삼지 못한다. 생존 자본을 확보하지 못한 불완전한 존재로 갈등되는 오늘날의 인간은 자신의 실존적 영역을 확보하지 못한 피투된 존재일 뿐이라서 아무리 존재의 의미와 가치를 실현하려해도 위상이 달라지지 않는다. 끊임없이 자본 권력의 공적 영역을 향해 스스로를 기투하지만 최소한의 관심조차 구하지 못하고 "혐오스럽게 일그러진 얼굴"만을 얻을 따름이다. 그런 점에서 소설 속에서 재현되는 석기와의 관계는 자신의 비틀린 얼굴을 투사하는 상황을 반추하게 하며 비인간으로 내몰린 존재의 자기 반영성을 반복하는 셈이다.

주지하다시피 얼굴은 존재의 정체성을 드러낸다. 얼굴은 존재의 정서를 미세한 차이의 층위를 통해 현시하며 모든 양태와 성질을 탈언어화된 감각으로 정체화하는 잠재태이다. 휴대폰으로 자신의 얼굴을 찍은 정수는 화면에 비친 자신의 일그러진 얼굴을 본다. 그것은 타자의 얼굴이다. 레비나스의 표현대로 정수가 본 얼굴은 주체로 포섭되지 않는 절대적 타자의 모습으로 다가온다. 주체의 영역으로 환원되지도, 주체의 체계로 파악되지도 비교되지도 않는 타자의 무한성은 주체의 확고함, 안정성, 자아 정립을 불가능하게 한다. 그러나 자신의 힘이 미치지 못하는 영역에 놓인 타자로 자신을 감각하는 순간 주체의 언어와 인식틀을 다르게 사유하는 계기를 마련하게 된다. 즉, 내몰린 존재로 타자화된 자기 자신을 인식함으로써 세계의 속박으로부터 거리를 유지할 수 있게 되며 동일성의 테두리에서 벗어나 존재의 무력함을 수용하여 "제 속도를 내"며 나아가는 과정적 존재로 자신의 위치를 재설정할 수 있게 되는 것이다.

소설이 수행해야 하는 윤리적 태도

소설 속에서 수행되는 갈등은 섣부르게 화해할 수 있는 성질의 것이 아니다. 어쩌면 역사적 맥락에서 사유할 때조차 불가항력의 실패로 귀결될 일인지도 모른다. 「마지막 동창회」에서 알 수 있듯 유하가 겪어야만 했던 고난은 한국 사회가 여전히 풀지 못한 민족적 비극의 증상인 것처럼 말이다. 이 소설은 일제강점기 강제 징용된 종군 위안부의 문제를 다루고 있다. 국가가 개인에게 가하는 폭력의 양태는 다양하지만, 이 시기의 상황에 대해서는 따로 언급할 것이 없을 만큼 우리 스스로도 잘 알고 있다. 국가와 사회의 폭력에 희생된 이

들을 기억함으로써 추념하고 애도하는 일의 중요성 역시 따로 언급할 필요가 없을 정도이다. 그러나 말하기도 쓰기도 어려운 고통을 반복해서 말하고 써야 하는 이유 역시 그것이 해결되지 않은 채 여전히 지금 이곳에 현존하는 고통이기에 기록해야 할 당위가 있기 때문이다. 여기에는 개별적 인간이 겪는 고통의 심층을 톺는 과정이 요구된다. 상황을 적나라하게 재현할 필요는 없겠지만 삶을 뒤흔드는 고통과 그것을 초래한 근본적인 이유, 고통 속에서 삶을 버티고 이어가려는 투쟁의 층위를 살피며 기록하는 태도가 필요하다. 소설 속에서 재현되는 이의 고통 그 바깥에 있는 작가의 자각이 비록 무력감으로 체현된다고 할지라도 고통에 노출된 존재의 실존과 의식에 몸과 귀를 기울여 투사함으로써 "필요에 따라 사용할 물건"으로 간주되는 인간을 추념하고 애도해야 하는 것이다. 그런 측면에서 이상실 작가의 「마지막 동창회」는 가볍게 읽고 넘겨서는 안 될 작품이기도 하다.

같은 맥락에서 「계양산기」도 역사적 사건을 소설화하는 방법론을 질문하고 이를 풀어낸다는 점에서 주목할 만하다. "계양산과 계양 지역에 관한 역사적 사실이나 설화를 바탕으로 한 소재"를 글감으로 하는 구청 스토리텔링 공모전 심사위원인 주호는 매번 최종심에서 떨어지는 '숲'의 요청을 받고 그의 취재길에 동행하며 글의 방향을 조언한다. 징매이고개 길에서 몇 가지 역사적 스토리를 발굴하는데, 그중에서 중요한 것은 "고려 때 계양도호부사로 좌천된 이규보"의 일화와 임꺽정이 백발의 늙은이를 만나 검술을 익히는 일화이다. 주호의 목소리로 길게 인용된 두 일화가 소설의 긴장을 희석하는 아쉬움은 남지만, 각각의 스토리에 투사된 이상실 작가의 시선을 분명히 읽어내는 데 어려움이 없다. 권력에서 배제되어 좌천된 이규보를 경유하여 황어장의 심혁성을 거쳐 "나라의 부역으로 산성을 쌓고 고쳤던 고조와 증조와 다음 세대들의 숨은 이야기"를 찾고자 하는 것은 임꺽정으로 표면화된 억압받는 민중의 저항을 중요한 글쓰기의 중요한 내용으로 삼아야 한다는 의식 때문일 것이다. 기실 주호의 조언을 새겨 쓴 글을 통해 숲이 공모전에 당선되는 것은 사족처럼 보인다. 그보다 주목해야 할 점은 역사적 기록에서 배제된 존재의 목소리를 발굴하여 적어내는 일, 그럼으로써 작가의 의식이 지향해야 할 바를 분명히 전하고 있다는 점일 것이다. 그런 이유에서 「환각의 도시, 그리고 섬」은 아쉬움이 남는 소설이라고 할 수 있다. 이 소설은 부산 완월마을 밤업소에서 근무하던 미주가 공 도사에게 속아 마약에 중독되어 용전리 섬으로 흘러들어 파괴되어 가는 과정을 그린다. 그러나 이 내용은 소설 속

소설의 양태로 소설가인 정도의 소설 속에서 파편화된 형태로 재현되는 데 사건의 편린 때문에 완성된 소설로 보기 어려운 면이 있다. 그럼에도 사회에서 소외되고 삭제된 여성이 겪는 고통을 여실히 체현하고 있다는 점에서 작가가 착목해야 하는 대상과 소설이 지향해야 할 방향성을 모색하고 있다는 점에서 의의가 있다고 생각된다.

역사적 사건과 그로 인해 폭력에 노출되고 소외된 존재를 향한 작가의 충실한 태도는 개인을 형성하는 가족을 향하기도 한다. 아무리 노력해도 자본의 분배에서 탈각된 이들이 모여 위안을 나눌 최후의 보루인 가족 역시 작금의 시대에서는 위태롭기 그지없다. 「사진 밖으로 뜬 가족」은 승규의 결혼식을 앞두고 "아빠 입에서 느닷없이 불거져 나온 '엄마'"로 인해 승규가 무의식 속에 침잠해 있던 날들의 진실을 밝히며 가족의 의미를 되짚는 과정을 다룬다. 엄마에게 버림받았다는 상처를 지닌 승규는 "자신이 모르는 집안 내막을 알 것 같"은 정태 삼촌에게 엄마를 찾아야 하는지 묻는다. 그러나 그에 대한 답은 승규 자신만이 할 수 있다는 걸 모르지 않는다. 중요한 것은 엄마가 떠난 이유일 것이다. 아빠의 말대로 "엄마가 바람피우다 들켜서 너를 버리고 도망"간 것이라면 굳이 찾아야 할 필요는 없을 것이다. 그러나 아빠의 말과는 달리 "예술 없는 삶은 죽음이야. 예술은 내가 살아가는 이유고 낙이지"라고 말하며 "거리의 악사"로 살아가며 생활력이라고는 찾아볼 수 없는 아빠의 모습에서 엄마가 떠난 이유를 찾을 수 있을 것이다. 물론 이를 개인의 무능력으로 치부할 수는 없는 노릇이다. 예술가의 삶이 생활과 유리된 채 놓여 있다는 것은 예술이 지닌 가치가 자본의 축적과는 다른 맥락에 있음에 기인한다. 그와 같은 진실은 삭제된 채 물질적 가치로 삶의 계층을 나누고 평가하는 데에서 문제는 비롯되는 것이다. 허나 자신의 예술만이 지고의 가치를 지닌 무엇으로 여기며 생활을 도외시하는 예술가는 삶의 패배자와 같기에 우리에게 불편함을 줄 따름이다. 생활의 방편을 자신의 어머니, 즉 승규의 할머니에게 의탁하는 아빠로 인해 가족의 의미는 침묵과 공백 속에 놓인다. 그리고 안타깝게도 침묵과 공백을 채우는 것은 할머니의 희생이다.

승규의 기억 속에 각인된 초등학교 4학년 여름밤의 사건이 이를 여실히 보여준다. 할머니와 아빠, 승규가 기거하는 반지하 방에 빗물이 넘쳐 물이 차오르던 사건. 정태 삼촌의 결혼으로 말미암아 조그만 빌라에서도 쫓겨나듯 떠나야 했던 할머니의 사랑은 파국의 흔적처럼 승규에게 지울 수 없는 상처로 남아 있다. 그리고 불행하게도 승규의 결혼으로 말미암아 상처의 장소의 반지하 방으로 할머니와 아빠가 돌아가야 하는 일은 나아지지 않는 삶의 절망을 반복해서 경험하게 한다. 이 소설에서 표면화된 사회적 폭력의 양태는 없다. 그럼에도 가난이 대물림되는, 저 개선의 여지가 보이지 않는 암울한 상황 이면에 놓인 사회 시스템의 부재를 상상하지 않을 수 없다. 계층 상승, 혹은 부의 축적을 가족이라는 사적 영역에 전가하고 책임을 방기하는 사회로 인해 존재는 풍경으로조차 존재하지 못한 채 프레임 바깥으로 내몰리고 있는 것이다. "승규야! 잘 살아야 한다"는 할머니의 목소리가 공허하게 들리는 이유도 여기에 있다. 위안을 구할 수 있는 가족마저 희생을 강요당하는 현실 속에서 개인이 품어봄 직한 실낱같은 미래의 꿈은 성취되기 어려워 보이기만 하다.

당연하게도 소설이 정치적 해답을 내놓아야 할 이유는 없겠지만 소설의 역할과 작가의 글쓰기 방식은 되짚어 살펴봐야 한다. 이상실 작가의 이번 소설집이 현실의 역사적 조건을 강력하게 환기하며 세계를 단순화하는 측면이 없진 않으나 인간을 소외시키며 타자화하는 현실의 비참을 드러냄으로써 거기에서 벗어날 방법이 무엇인지 날카롭게 묻고 있음을 우리는 알 수 있다. 질문으로부터 유추한 답이 정답이라는 맹목적 믿음은 위험하다. 그러나 현실의 층위를 다시 사유하고 이를 통해 실천의 가능성을 모색할 수 있으리라는 어떤 고투를 상상할 수 있다면 그것을 기록하는 일이야말로 소설이 수행해야 하는 윤리가 아닐까. 희망이 보이지 않기에 절망스럽지만, 역설적이게도 절망 속에 놓여 있기에 희망을 구할 수도 있는 것처럼 이상실 작가가 소설로 쓴 절망의 기록 너머로 보이는 희망의 흔적을 따라 길을 내는 일은 이제 우리의 몫이다.

작가의 말

나는 소설에 등장하는 인물들의 뒤를 밟기도 했다. 산으로 갔다. 전설이 어린 도둑고개를 넘었다. 바다로 갔다. 남해안 외딴섬에 내려 마을 사람들 이야기를 들었다. 남태평양 남양군도(南洋群島) 천국의 섬에 대한 이야기를 들었고, 망망대해의 물살을 가르며 싱가포르 센토사로 끌려간 소녀를 상상하기도 했다. 도시로 돌아와 아르바이트생을 만났다. 노동자와 거리의 시인, 샐러리맨 그리고 어느 가족을 만났다. 환각에 젖은 거리를 걷기도 했다.

인물들이 겪거나 벌인 인물들의 삶을 쓰지 않으면 견딜 수 없을 것 같았다. 편린으로 치부할지 몰라도, 누군가에게는 전부일 수 있는 사건을 두고 무심히 지나치기가 힘들었다. 보일 뿐 볼 수 없는 원형감옥 '파놉티콘' 같은 환경에서 하루하루를 버티며 살아가는 인물들, 그러한 삶마저도 부러운 인물들, 낯선 곳으로 끌려간 인물들, 사소한 것에 슬퍼할 겨를도 없는 인물들을 달래며 이야기를 전개했다. 그들이 처한 현실을 그들과 함께 걸으며 자유롭게 말하고 대화했다.

억압 없는 인간적인 삶의 세상
인간을 소유물로 인식하지 않는 세상
차별 없고 건강한 세상
정의롭고 진실한 세상
나보다 너를 앞세우는 세상
잘못을 인정하고 성찰하는 사람들로 가득한 세상
자신 이상의 것을 볼 수 있는 사람들이 많아지는 세상
환각이 사라지고 함께 나아가는 세상
그런 세상이 '지금 여기'에 가득하기를 바라면서

밤이었다. 소설 집필을 끝내고 일어섰다. 커피를 타서 의자에 앉았다. 컵을 책상에 올리고 마시면서 휴대폰을 검색하다 음악도 즐기다 남방을 걸치고 집 밖으로 나갔다. 바람 쐬러

나갔다. 아름답게 반짝이는 빛을 보았다. 무단 횡단하는 사람을 보았고 과속 자동차를 보았다. 불 꺼진 여성병원과 불 켜진 동물병원도 보았다.

돌아와 의자에 앉아 휴식을 취하며 생각했다.

내가 마신 커피는 어떻게 왔을까. 내 몸을 지탱한 의자는 누구 손을 거쳤을까. 내가 즐긴 음악은, 검색한 휴대폰은, 걸친 옷은, 보았던 아름다운 빛은, 걸었던 도로와 눈에 띈 병원은, 그리고 내 휴식처는 누가 만들었을까. 누군가의 피와 눈물을 착취한 산물일까. 행복 넘치는 피조물일까.

인간을 위한 인간의 거리에서 명랑한 발걸음을 내딛고 싶다.

2023년 가을

이상실